Gabi Kreslehner

Und der Himmel rot

Gabi Kreslehner

Und der Himmel rot

Roman

BELTZ
& Gelberg

Der Roman wurde durch das Mira-Lobe-Stipendium des österreichischen Ministeriums für Kunst und Kultur unterstützt.

MIX
Papier aus verantwortungsvollen Quellen
FSC® C008492
FSC
www.fsc.org

www.beltz.de

Neue Rechtschreibung
Lektorat: Barbara Gelberg
Einbandfotografie und -typografie: Anna Grath
Einbandgestaltung: Julia Rissler
Satz: Beltz & Gelberg
Gesamtherstellung: Beltz Druckpartner, Hemsbach
Printed in Germany
ISBN 978-3-407-81080-9
1 2 3 4 5 6 7 14 13 12 11

SPÄTER dachte Darm manchmal, dass alles damit zu tun gehabt hatte, dass er diesen Namen trug – Darm; ja, er war sicher, alles hatte damit angefangen.

Seit jeher hatte er diesen Namen als Synonym für sein Leben verstanden, als Prophezeiung gewissermaßen. Dieser Name war die geeignete Voraussetzung für ein nicht geglücktes Leben oder, um es drastischer zu formulieren, für ein verpfuschtes. Trotzdem fühlte er sich seinem Namen verbunden, nie im Leben hätte er ihn verleugnet, er gehörte zu ihm wie die gleichnamigen Verschlingungen in seinem Körper, waren Teil seiner Identität, seines Bewusstseins. Alle Darms dachten so, und vielleicht hatte Mutter Darm, Monika, es deshalb als ihre Verpflichtung angesehen, ihrem verpfuschten Leben ein ebensolches Ende zu bereiten. Sechzehn war Darm an ihrem Todestag geworden, auch das ein logischer Hinweis auf die mystische Kraft des Namens. Nach dem Begräbnis war er zu seinem Onkel Kurt gezogen, besser, Kurt hatte ihn zu sich geholt. Und da lebte er nun in diesem Haus am Ende der Straße, die ein bisschen ins Nichts zu führen schien.

ALSO, DARM!«, sagte Hoffmann und hockte sich auf die Kante des Lehrertisches. »Willst du dein Wissen entleeren? Damit es dich nicht verstopft.«

Die Klasse johlte. Darm schaute in den Bleihimmel und schwieg.

»Also nicht«, sagte Hoffmann. »Hab's mir fast gedacht. Jana, wie sieht's bei dir aus?«

Jana stand auf. »Ich finde diese Scherzchen nicht komisch«, sagte sie.

Die Klasse schwieg.

Langsam wandte Darm seinen Kopf und schaute Jana an. Sie hatte sanfte braune Augen und wunderschöne Zähne. Hoffmann liebte sie, weil sie immer alles wusste, ihre Antworten nicht nur richtig, sondern auch gestochen formuliert waren. Vermutlich liebte er sie auch, weil sie seine Tochter war.

Leider hatte sie kurze Beine und leider ragte ihr Hintern von ihr ab wie die Kuppeln der Sankt Petersburger Kathedralen in den Sankt Petersburger Himmel. Darm grinste innerlich ein bisschen über seinen, wie er fand, stimmungsvollen Vergleich. Äußerlich seufzte er, fast lautlos, dass es keiner hörte. Nichts war vollkommen, nichts im Leben, und das Leben an sich schon gar nicht, niemand wusste das besser als er.

»Überhaupt nicht komisch«, sagte Jana und starrte Hoffmann ins Gesicht.

»Aha«, sagte der staunend. »Das findest du also. Mutig. Das muss man dir lassen.

Darm nickte. Unwillkürlich. Das erste Mal, dass er mit Hoffmann einer Meinung war. Ein Anfang, fand er.

»Ich allerdings sehe«, fuhr Hoffmann fort, »diese Scherzchen, wie du sie nennst, meine liebe Jana, als die einzige Möglichkeit, diese Klasse vor dem Abdriften in die absolute und letale geistige Verstummung zu bewahren. Oder? Freunde? Falls ihr überhaupt wisst, was ich meine?«

Sie grölten. Natürlich grölten sie wieder. Und wussten wahrscheinlich wirklich nicht, was er meinte. Hoffmanns Gesicht verzog sich zu einer zufriedenen Grimasse, er lächelte, ließ seine Augen von Schüler zu Schüler wandern, blieb an Darm hängen.

Okay, dachte der, bist nicht übel drauf heute, nicht übel, aber deine eigene geistige Letalisierung ist auch nicht mehr fern, Hoffmann, du Pfeife.

»Was«, sagte Hoffmann, »was?«

Darm zuckte die Schultern, schüttelte ein bisschen den Kopf. »Nichts«, sagte er, »gar nichts.« Und lächelte. Ein kleines, feines bisschen.

Hoffmann kniff ein wenig die Augen zusammen. »Also gut«, sagte er und drehte sich zurück zu Jana. »Also gut. Lassen wir's gut sein. Setz dich wieder hin, Jana.«

Aber Jana setzte sich nicht wieder hin. »Komm, Oliver«, sagte sie. »Wir gehen.«

Darm staunte. Mit offenem Mund und krauser Stirn. Dann schüttelte er langsam den Kopf.

Janas Augen zuckten. »Du bist auch ein Idiot, Oliver Darm!«, sagte sie. Als sie die Tür hinter sich zuschlug, war es wie ein Schuss.

Hoffmann runzelte die Stirn. »Auch?«, fragte er. »Wieso *auch*?«

DIE GEGEND, durch die der Bus fuhr, war nicht übel. Gepflegte Vorgärten, behütete Vogelhäuschen, flache, lang gezogene Schulgebäude, die Fenster mit Fingerfarben vollgeschmiert. Dann, am Ende der Straße, Kurts Laden, nobel, elegant, der Schriftzug über der Tür zart, verschnörkelt: *Darms Laden.* Darm musste grinsen. Kurt, der gute Onkel Kurt, Monikas großer Bruder, hatte es geschafft. Zeit seines Lebens hatte er immer nur tischlern wollen und sägen und hobeln, hatte sich in den Duft der Hölzer gelegt, der alten und der jungen, als wolle er darin sterben, war Meister seines Fachs geworden, stand inmitten seiner Antiquitäten wie ein fest verwurzelter

Baum. Ein verwurzelter Darm also, dass es das gab, hatte Darm lange nicht für möglich gehalten.

Er stieg aus dem Bus, lief die letzten Schritte, steckte den Schlüssel ins Schloss der uralten Holztür und lauschte ihrem Knarren nach und der Vertrautheit, die sich in ihm einstellte, sobald das Knarren durch seine Ohren flutschte. Er machte die Tür zu, lehnte sich ein bisschen dagegen, schloss für einen Wimpernschlag die Augen und dachte an Jana, die kleine kurzbeinige Jana mit den wunderschönen Augen. Wieder einmal stellte er sie sich als i-Punkt vor über *Laden*, und obwohl das i in *Laden* fehlte, ging es in Ordnung und er beschloss zu bleiben. Seit einem Jahr lebte er nun schon hier, war hier siebzehn geworden, würde wohl auch achtzehn werden.

Das Haus war großzügig geschnitten, teilte sich in Geschäft, Werkstatt und Wohnräume, und alles ging irgendwie ineinander über und war so weitläufig, dass man sich, wenn man wollte, aus dem Weg gehen konnte.

Kurt stand in der Küche, einsilbig und schweigsam, aber vollkommen Herr der Lage. »Hast du Hunger?«, fragte er und rührte in einem Topf.

Süß wehte es Darm entgegen, Vanille oder Apfel, man konnte es schlecht einordnen in diesem Konglomerat an Gerüchen von Zimt und Lack bis Koriander und Leim. »Nein«, sagte Darm.

»Wir essen gleich«, sagte Kurt. »Setz dich schon mal.

Stell uns was zu trinken hin. Isst Muskat heute nicht mit?« Er grinste. »Frisst mir doch sonst auch immer die Haare vom Kopf.«

»Nein«, sagte Darm, knurrte ein bisschen und lüftete den Deckel der Pfanne, die auf dem Herd stand. »Der hat wohl gerochen, dass es Marillenknödel gibt. Die mag der nicht.« Er knallte den Deckel zurück. »Ich übrigens auch nicht.«

»Ich aber«, sagte Kurt und zuckte mit den Schultern.

Darm kaute an den Teigstücken. Sie verdoppelten sich in seinem Mund, wurden unschluckbar, unfressbar, grauer Beton. Er schüttelte den Kopf, unmerklich, seufzte. Marillenknödel, meine Güte!

Mit Marillen, wüstenhaft orangen. Und Bröseln, wüstenhaft gelben. Die knirschten zwischen den Zähnen wie Saharasand, schummelten sich in jedes freie Spältchen, trotzten dem Speichel, schmiegten sich nicht an, kratzten Wunden.

Kurt hatte seine Portion längst geschafft, saß in seinem Sessel mit vor der Brust verschränkten Armen, schaute Darm beim Würgen zu. Schließlich legte der die Gabel hin, griff nach dem Wasserglas. »Keine Knödel mehr«, sagte er. »Keine Knödel mehr.«

Kurt nickte.

»Suppe, Fleisch, Kartoffeln, Reis, alles, was du willst, bloß keine Knödel mehr.«

Kurt nickte.

Misstrauisch blinzelte Darm in die Luft.

Kurt nickte noch einmal, zuckte die Schultern. »Kein Problem!«

»Na dann«, sagte Darm und stand auf, »ich geh jetzt.«

»Wohin?«, fragte Kurt. Darm zuckte die Schultern.

»Aha«, sagte Kurt, nickte bedeutungsvoll, »dorthin also. Zeigst du mir mal die Filme?«, und tippte auf die Kamera in Darms Händen. Sie war sein täglicher Begleiter, ihm so vertraut wie Kurt nicht, wie Muskat nicht, wie Jana nicht.

Darm schüttelte den Kopf, tippte sich auf die Stirn. »Lernst du's irgendwann mal?«, fragte er. »Irgendwann?«

»Nein«, sagte Kurt und lächelte, »ich glaube nicht.«

Darm stieg auf den Hügel. Der hielt der Stadt im Westen den Rücken frei, von ihm aus konnte man zur Gänze über sie hinwegblicken, über den Fluss und seine Ufer und die Wasserwiesen. Von ihm aus konnte man die Stadt glitzern sehen und sie glitzerte Darm an. Funkelte in die Kamera hinein, in Darms Augen, in sein Herz, aber da kam das Funkeln nicht an.

Jana war gekommen, kannte diese Stelle, wo er täglich ins Glitzern fiel, hatte sich an seine Seite gehockt, so wie sie es immer tat, ihn in ihre Arme genommen, ihn in ihre Augen gesaugt und ihm allerhand schönes Zeug gesagt, von dem Darm sich nichts gemerkt hatte, weil er sich so was eben nicht merkte.

Jana liebte Darm. Darm liebte Jana nicht. Darm liebte

niemanden. Vielleicht die Stadt, wenn sie glitzerte, noch mehr, wenn sie brannte.

Jana kam oft. Weil sie ihn liebte. Und ihm auf den Geist ging mit dieser Liebe. Er konnte sie nicht brauchen, wollte nur ein bisschen ihre Wärme. Und den Duft, der ihr entströmte, wenn sie ihn küsste.

Das war alles. Nicht mehr und nicht weniger. Man konnte nicht lieben in dieser Zeit. Es war nichts von Dauer. Der Glitzer vielleicht, wenn er eingefangen war auf dem Display der Kamera. Das Brennen. Vom Hügel aus. Ohne Ziel. Wie er, Darm.

Schön war das. Und scheiße.

Wenn man ehrlich war, hatte alles mit Irina angefangen.

AUF GEHT'S«, sagte Frau Voresberg. Klassenarbeit in Deutsch. »Strengt euch an. Ich hoffe, ihr habt ausreichend gelernt.«

Sie hatte die Blätter mit den Themen ausgeteilt und stand nun vorne an der Tafel als strenge Hüterin der Literatur und ihrer Erkenntnisse, die hoffentlich ihre Wege genommen hatten in die Hirne der bedauernswerten Kids, die auf ihren Stühlen schwitzten und nun nachzuweisen hatten, was hängen geblieben war oder eben nicht. Es würde sich zeigen.

Darm schloss die Augen und legte den Kopf auf den Tisch. Schreiben sollten sie. Einfach so. Ins Blaue hinein. Oder ins Grüne. Oder vielleicht ins Gelbe. Aber da kam nichts. Er dachte an zu Hause. Oder an das, was sich jetzt so nannte. Kurts Laden. In dem Kurt Tag und Nacht vor sich hin werkelte, altdeutsche Schreibtische reparierte, Hühner köpfte, Biedermeierkommoden polierte, Kaninchen entkernte. Zwischendurch kippte er Klare bei Milli. Die führte das Wirtshaus vorn neben dem Laden, war knapp an die sechzig, hatte eine Haut wie gegerbter Wüstensand und eine Stimme, als hätte sie schon mancherlei erlebt.

Darm spürte Augen auf sich, es war Jana. Ihr Mund formte lautlos Worte, die er nicht verstand, er hob die Augenbrauen und zuckte die Schultern.

»Oliver, was ist?«, fragte Frau Voresberg und kam näher.

»Nichts«, sagte Darm unwirsch. »Nichts. Alles klar.«

Aber nichts war klar, nicht literarisch und im Leben schon gar nicht, aber was ging das Frau Voresberg an?

»Schreibst du nicht?«, fragte sie. »Gar nichts?«

»Ja«, sagte Darm und musste grinsen. »Wahrscheinlich gar nichts. Vielleicht ein bisschen was.«

Frau Voresberg schüttelte ein wenig traurig den Kopf. Sie war gerade noch jung, ihre Beine waren länger als Janas, aber ihre Augen nur halb so schön. Sie hatte schwarz gefärbte Haare und trug cremefarbene Hosen, die ihr, das musste Darm zugeben, wirklich gut standen, sich über ihren Hintern spannten, als hätten sie nie etwas anderes getan.

»Als hätten sie nie etwas anderes getan«, schrieb Darm auf das Blatt und musste grinsen, »nie und nimmer in dieser Zeit, die so was von…«

Er stockte und blickte hoch, geradewegs in Frau Voresbergs Augen, deren Augenbrauen hochgezogen waren wie Fragezeichen.

»Wie Fragezeichen«, schrieb Darm, »wie endlose Fragezeichen, und wie kann der Werther sich dann verknallen in eine wie die Lotte?«

Er blickte aus dem Fenster, da ging Hoffmann vorbei, Hoffmann, dessen Vorname mit I begann, so stand es an der Klassentür, »I. Hoffmann«, und Darm fragte sich, ob es einen Vornamen gab, der »Idiot« hieß, und ob er das vielleicht bis jetzt einfach übersehen hatte. Außerdem trank Hoffmann, das wusste Darm, das konnte er sehen, einer wie er konnte das sehen, einer wie er, der Erfahrungen hatte mit Leuten, die soffen und irgendwann daran krepierten.

»Irgendwann daran krepierten«, schrieb Darm, »alle diese Idioten, ich weiß das einfach. Der Faust und der Mephisto sowieso und das Gretchen auch, das kippt einfach um und macht platsch!«

Darm blickte hoch und durch die Klasse. Die meisten schrieben, manche dachten nach mit einer eigenartigen

Leere in den Augen, und Darm fragte sich, was aus ihnen allen werden würde, wie viele Säufer, wie viele Kiffer, wie viele Idioten.

»Wahrscheinlich viele Idioten«, schrieb er und musste grinsen, so intensiv, dass es schon fast laut war, »und Idiot«, schrieb er, »sollte manch einer heißen können, das erleichtert grundsätzliche Einschätzungen, und der Werther ist natürlich auch einer, also Idiot Werther, sich in so jemanden wie die Lotte zu verknallen, also wirklich!«

Frau Voresberg schien plötzlich ein wenig glücklich, das sah man, obwohl sie mindestens sechs Meter entfernt stand. Sie lächelte und formte mit ihrem Mund leise Worte, die klangen wie: »Na, geht doch!«

Er nickte freundlich in ihre Richtung, schrieb weiter. »Ja, geht doch. Geht doch! Und was man von der Margarete halten soll, tss tss, dem Gretchen, ich weiß nicht, also ich weiß es wirklich nicht!!« Ausrufezeichen zwei! Darm überlegte. Nein, besser drei. Drei war immer gut. »Drei ist immer gut«, schrieb Darm, »finden Sie nicht auch, Frau Voresberg? Und wenn die Margarete, dieses dumme Gretchen, nicht ganz so dumm gewesen wäre, dann hätte vielleicht *sie* den Faust eingesackt und nicht umgekehrt.«

Es läutete. »Es läutet«, schrieb Darm, »es läutet. Ende der Zeit. Zeitende. Und die Lotte hat's auch nicht überlebt und das Gretchen auch nicht und überhaupt überleben's die Frauen selten, das Leben. Aber die Männer noch viel weniger. Sollte uns das zu denken geben?«

»Und?«, fragte Frau Voresberg und pflanzte sich neben Darm auf.

Darm zuckte die Schultern. »Es sollte uns zu denken geben«, sagte er und räusperte sich.

Frau Voresberg schaltete ihre Fragezeichenaugen wieder ein. »Was??«

Er zuckte die Schultern. »Alles!«, sagte er. »Einfach alles. Und dass mein literarisches Wissen festsitzt. Irgendwo zwischen meinen Schulterblättern, irgendwo in meinen Kniekehlen, dass es sich nicht losbohrt, kann man nix machen.« Er legte den Kopf schief, spürte ein Grinsen hinter seinen Mundwinkeln, schaute Frau Voresberg aufmerksam an.

Sie schüttelte den Kopf, nahm das Blatt aus seiner Hand und warf einen Blick darauf. Er wartete, dass sie vor Schreck nach Luft schnappte, aber sie tat es nicht.

»Machst du dich über mich lustig?«, fragte sie und kniff dann doch ein bisschen feindselig die Augen zu. »Soll das ein Witz sein?«

»Nicht wirklich«, sagte er, ging, ließ sie stehen, drehte sich noch einmal um, zwinkerte. »Aber wenn Sie meinen. Vielleicht. Ja.«

Sie holte Luft, ein bisschen rascher als sonst, ein bisschen außer Fassung, letztlich aber wahrscheinlich unberührt.

Auf dem Flur traf er Jana. Sie hatte gewartet, schaute ihn mitleidig an. »Gehst du auf den Hügel?«, fragte sie. »Soll ich mitkommen?«

Er schüttelte den Kopf.

WIE IMMER knarrte die Haustür, Darm warf sie ins Schloss, dass es knallte, und folgte Muskat in die Küche. Er starrte seine Schuhe an, die waren dreckig, aber das war nicht ungewöhnlich, und an den Sohlen hatten sie kleine Risse und Schrunden, durch die das Nasse drang, wenn es regnete. Darm fand das nicht schlimm. Er fand, dass es größere Katastrophen gab als nasse Füße. Er fand überhaupt, dass Füße nicht das Wichtigste im Leben waren, trotzdem war ihm klar, dass es sich gut anfühlte, wenn sie im Laufe eines Tages trocken wurden und sich gut aneinander rieben, zwei Kerle, die sich mochten und zueinandergehörten. Also zerrte er ein bisschen an den Schuhbändern, schlüpfte heraus aus den Schuhen, streckte seine Zehen und knallte sich neben Muskat an den großen Tisch in Kurts Küche.

»Igitt«, sagte Muskat, deutete auf die Schuhe und rümpfte die Nase. »Wie lang hast du die denn schon an?«

Darm zuckte die Schultern. »Schon immer. Warum?«

Muskat nickte und schwieg. Muskat war ein Schweiger. Einer, der sich darauf verstand, das Richtige zu sagen und das Richtige zu schweigen. Und das im richtigen Augenblick. Der trotzdem manchmal falsch war.

Oft aßen sie nach der Schule bei Kurt. Muskat schätzte Kurts Menüs, auch Darm hatte sich daran gewöhnt. Schweigend hockten sie in der großen Küche hinter der Werkstatt und schaufelten das Essen in sich hinein, während Kurt mit verschränkten Armen in ihrem Rücken saß und zuschaute, wie die Teller leer wurden, wie Muskat alles auftunkte, was irgendwie zum Auftunken war, mit Brot oder Kartoffeln, notfalls mit dem Finger, mit der Zunge, Hauptsache, es blieb nichts zurück, nichts, nicht mal ein Fusselchen. Kurt nahm Muskats begeisterte Augen zur Kenntnis, sie berührten ihn zwar, aber nicht besonders; an Muskats Strahlen vorbei schlich er in Darms Wärme, aber vergeblich, denn Darms Wärme war nur lau und wärmte nicht einmal ihn selbst genug.

Als Darm gerade erst zu Kurt gekommen war, hatte der manchmal versucht, Gespräche zu beginnen, vorsichtige, das andere Leben betreffende. »Oliver«, hatte er begonnen, »weißt du noch?«, vorsichtig, vage, hatte versucht, gemeinsame Erinnerungen zu beschwören aus diesem anderen Leben. »Weißt du noch, damals am Fluss in eurem Haus, Irina und du am Strand mit den Kieselsteinen. Du warst noch so klein, fast ein Baby. Und Irina hat getan, als ob sie deine Mutter wäre, dabei war sie gerade mal an die vier Jahre älter. Puppenmutter und Puppenkind!«

Darm ließ ihn langsam antraben, und dann, wenn Kurt allmählich in Fahrt kam und einen Zahn zulegen wollte und auf jene Nacht zu sprechen kam, auf die Fluten, den Sturm und auf Monika und wie sie irgendwann nichts mehr ertragen hatte, stoppte er ihn mit einer ungeduldigen Bewegung, einem scharfen Ton in seiner Stimme, dass vorbei eben vorbei sei, dass man nichts aufwärmen könne, nicht einmal Marillenknödel, dass das Leben eben so war, dieses Scheißleben, und dass dafür keiner was konnte. »Bringt nichts! Alles für die Krätze! Lass es!«

Und Kurt ließ es. Anfangs ein bisschen erschrocken, später geduldig, noch später resigniert.

Muskat kaute begeistert und schnalzte anerkennend mit der Zunge. »Du heilige Scheiße du, schmeckt das gut. Das kriegt meine Mutter nie hin. Nie im Leben. Wo haben Sie so gut kochen gelernt?«

Kurt lächelte und zuckte die Schultern. »Na schick sie doch einfach mal vorbei, deine Mutter. Will mal sehen, was ich machen kann.«

Und Muskat nickte und sagte, ja, ja, das werde er tun, mit Sicherheit werde er das tun, aber natürlich tat er es nicht oder seine Mutter pfiff ihm eins, wahrscheinlich wollte sie keinen Kochkurs machen bei einem, der Darm hieß, so war das im Leben.

LASS UNS ein bisschen Auto fahren«, sagte Muskat und winkte mit dem Zündschlüssel. »Mein Vater kommt spät und wird es nicht merken. Willst du?«

»Nein«, sagte Darm und musste grinsen. »Mach du nur!«

Sie zogen los, mit lautem Röhren hinaus aus der Stadt, hinauf auf die Autobahn. Muskats Augen blinkten wie frisch geputzte Eurostücke, während er einen Zahn zulegte, und wie immer fand Darm Muskats Freude über die unerlaubte Autofahrt faszinierend. »Was sagst du, wenn uns die Bullen anhalten und deinen Führerschein sehen wollen?« Obligate Frage. Muskat zuckte die Schultern. Alles wie immer.

Neben der Autobahn war der Frühling ausgebrochen, und Darm fragte Muskat überrascht, ob das anderswo, in der Stadt zum Beispiel, auch der Fall war.

Muskat schüttelte lachend den Kopf und nannte ihn Spinner und meinte, dass sie April hatten. »Es ist April, was erwartest du denn?«

»Nichts«, sagte Darm und zuckte die Schultern und staunte über die Farben und ihre Kraft. »Ich mein ja nur.«

»Bist wohl im Winter festgesteckt?«, grinste Muskat. »Was, Alter?«

Gut gelaunt klopfte er mit der Faust an Darms Schulter, der nickte und grinste zurück, weil sich das eben so gehörte, weil man miteinander scherzte und lachte und sich ein bisschen veräppelte.

Im Winter festgesteckt, dachte Darm, das ist gar nicht so übel, was der Muskat da sagt, im Winter festgesteckt, ich. Leicht klopfte er an das Gehäuse der Kamera, so fing sie Wackelbilder ein, verwackelte Wackelbilder, aber so sollte das ja sein, niemand würde all diesen gefilmten Schwachsinn je zu Gesicht bekommen.

Plötzlich sah er Eiszapfen vor sich auf dem Display und Bäume, die vor Kälte stöhnten, und dann sah er sich selbst, sich, Darm, dem alles gefroren war, das Herz, die Lunge, der Atem.

Schrecklich, dachte Darm und erschrak, aber eigentlich war es schön, dieses Glänzen, da fiel man hinein und es saugte einen auf und alle Wackelbilder wurden starr und steif.

Langsam ließ Darm das Fenster hinunter, streckte den Kopf hinaus, die Arme, Muskat lachte und sagte noch einmal: »Spinner! Du Spinner, du!«, aber Darm schloss die Augen und der Wind zerrte an ihm und dann begann er zu schreien, schrill und laut, und begann zu spüren und spürte, wie er leicht wurde und sich erheben konnte und davonfliegen, Seifenblase, Pfiff aus einer Trillerpfeife, abheben und fliegen.

Doch dann, im letzten Augenblick, holte er sich zurück. Nahm all seine Schwere zusammen. Kroch zurück ins Auto an Muskats Seite. Der hatte nichts gemerkt. Der trug das glücklichste Strahlen auf seinem Gesicht, das einer nur tragen konnte.

Darm musste grinsen und dann lachen und dachte, selber Spinner, Muskat, du alter Ölsauger, du alter Tempofresser du! Und schüttelte den Kopf und tippte Muskat den Vogel, während blühende Bäume vorbeirauschten und Wälder mühelos ergrünten und auf den Hügelkämmen blitzende Dörfer saßen, die sich in den satten Farben der Wiesen spiegelten. Die Felder waren noch braun, manchmal ein Traktor, der Furchen zog, gerade, unaufhörlich, zueinander parallel wie Linien auf einem Reißbrett. Als Darm all das sah, kroch ein kleines Gefühl der Zufriedenheit in seine Brust. Die Zeit war gut zum Schweigen, das leise Schnurren des Autos, manchmal Sonnenflecken auf Muskats Profil, manchmal der Schatten, der unverhofft kam, Wälder zogen vorbei und Lärmschutzwände und dahinter das Leben, was immer das war, und am Abend würden sie wieder essen und ein, zwei Biere trinken, Kurt wahrscheinlich ein Glas Wein, und so war das und so war das – eigentlich ... schön.

Darm schloss die Augen, als die Sonne ihn traf, und er begann zu träumen, von Irina, von der anderen Zeit und dass es schon mehr als tausend Tage her war.

WER IST DAS?«, fragte Muskat, nahm das Foto von Darms Pinnwand und betrachtete es eingehend. »Sagst du mir das endlich einmal?«

Sie hatten das Auto zurückgestellt und sich anschließend in Darms Zimmer verzogen.

»Was?«, fragte Darm und wippte im Takt der Musik, die durch die Stöpsel des iPod in seinen Kopf floss. »Hast du was gesagt?«

Muskat hielt Darm das Foto vor die Nase. Darm klackte mit den Fingern den Takt der Musik auf die Tischplatte. Was soll's, dachte er, während *Major Tom* sich in seinen Gehörgängen breitmachte. Vielleicht ist's Zeit. »Das«, sagte er und klackte, »das ist Irina.«

»Irina?«, fragte Muskat.

»Ja«, sagte Darm, klack, klack. »Irina. Irina mit den Schuhen.«

»Häh?« Darms Finger klackten schneller, Muskat setzte sich zu Darm und starrte nachdenklich auf das Foto, auf die Augen, das Lächeln. »Irina? Schuhe?«

Darm klackte weiter mit geschlossenen Augen, klackte den Takt der Musik, die seinen Körper durchfloss.

»Muss ich das verstehen?«

Klack, klackte der Takt, und Darms Bein wippte, wie es immer wippte, auf und nieder, vielleicht ein bisschen schneller als gewöhnlich.

»He!« Muskat rempelte ihn an.

Darm öffnete die Augen, die hatten einen dunklen Glanz, er schüttelte den Kopf. »Frag nicht«, sagte er. »Später mal.«

Er schnellte hoch, schnappte das Foto, warf es zurück

auf den Schreibtisch, grinste. Aber Muskat holte sich das Foto zurück, tippte auf das Gesicht, glitt mit dem Finger darüber. »Weißt du eigentlich«, begann er und räusperte sich, weißt du eigentlich, dass sie ...«

»Was?«

»... ein bisschen aussieht wie ...«

»Wer?«

Muskat blickte hoch, musterte Darm, der klackte, vibrierte, ein Faden, der zerriss. »Niemand«, sagte Muskat und das Foto segelte zurück.

»Ich weiß«, sagte Darm. »Weiß ich doch.«

SIE KAM in der Nacht. Sie kam in seine Träume. Da konnte er sich nicht wehren. Als auch seine Mutter tot war, kam Irina zurück.

In zerhackten Bildern fiel sie auf ihn herab, die trieben ihm den Schweiß aus allen Poren, die machten ihn weinen, ohne dass er es wusste, und wenn er am Morgen erwachte, bemerkte er erstaunt, dass sein Gesicht nass war und er seine Augen kaum aufbekam, weil sie verklebt waren, wie verkleistert, und er wankte zum Waschbecken und warf sich Wasser ins Gesicht.

Irina. Der Jana niemals das Wasser reichen würde. Auch wenn er manchmal das Gefühl hatte, dass sie ihn an Irina erinnerte, was ihn ein bisschen erstaunte. Als ob sie die gleichen Augen hätten, als ob das gleiche Leuchten in ihnen läge, stäubchenweise, schattenhaft, nicht wirklich, in Erinnerungen nur, und es waren ja schon mehr als tausend Tage.

Eine Ewigkeit. Festgehalten in Strichpäckchen, vier Striche parallel, der fünfte durchschnitt diagonal und machte voll. Mehr als zweihundert Strichpäckchen, winzig klein auf dem Kalender neben ihrem Foto.

Tausend Tage. Wurden nicht fassbarer. Erklärten sich nicht. Blieben, was sie waren, ohne Dimension, andere Zeit. Und die Träume hatten ihn fest im Griff.

Weißt du noch, Irina, sagte er zu ihr in diesen Träumen, weißt du noch, damals am Meer, wir waren lautlos wie Steine. Ich habe die Tropfen gezählt, aber du sagtest, das geht nicht, es sind zu viele. Dann lachtest du, und wenn ich mich an dich lehnte, warst du kalt und nass vom Meer und das Meer haben wir doch geliebt und Tropfen perlten auf deiner Haut wie die kalte Luft der Herbstmorgen.

JANA LAG in der Strömung des Flusses, die Kiesel piekssten in ihre Haut, machten Druckstellen und kleine Male, an den Schultern spürte sie die letzten Strahlen der Sonne und das Fließen des Lichts.

»Jana«, sagte Darm leise. »Jana. Jana.«

Erste Sommertage. Sie hatten sich in die Wasserwiesen verkrümelt, an den Fluss, Jana, Darm und Muskat. Jana war durch die zitternde Luft gelaufen, von Schatten zu Schatten gesprungen wie eine Geisterpflanze, während Darm und Muskat am Ufer lagen und ihr zuschauten.

»Jana ist verdammt schön«, hatte Muskat gemurmelt und leise mit der Zunge geschnalzt. »Und sie mag dich.«

Langsam beugte Darm sich nun über sie, wie in Zeitlupe, die Kälte des Wassers stachelte ihn an, vielleicht auch das Licht auf ihren Schultern, die Milde des Abends, die man zerbrechen musste, damit die Schatten kamen.

Ja, sie war schön, Jana, sie hatte diese Augen, die waren so tief wie der Himmel hoch.

»Jana«, sagte Darm und der Geschmack ihres Namens zerging ihm auf der Zunge. »Jana, Jana.«

Er verdrehte die Augen in einer komischen Geste und sie lachte, »Ach, du Affe!«, sie lachte hinauf in den Himmel, klingelte die Sterne an. Er bog ihren Kopf zurück, an ihrem Hals pochte eine Ader, die wollte er berühren.

»Ich fahr dann mal«, sagte Muskat, »ist ja schon dunkel.« Er grinste ein bisschen, schwang sich aufs Rad und war weg.

»Und wir?«, fragte Jana und kam aus dem Wasser, tropfend wie ein Glitzerkiesel.

Darm zuckte die Schultern, stocherte ins Feuer, das nur Glut war.

»Ach du«, sagte sie und glimmte ihre Augen fest an seine und strubbelte sein Haar durch und strubbelte sich an seinem Mund vorbei.

»Ja«, sagte er und seine Stimme war ein bisschen rau, »so ist das wohl jetzt«, und schob sie ein bisschen zurück und stand auf und holte Holzscheite und legte sie in die Glut. Langsam glommen die Flammen wieder hoch, verströmten Wärme, zerbrachen die Dunkelheit.

Dann war da Janas Wärme, sie züngelte sich an ihn heran, langsam, behutsam, und dann schliefen sie miteinander, und es war etwas, was sie nicht vergessen würden, weil es so war, dass man es eben nicht vergaß.

Das Feuer knisterte, flackerte, malte Schatten auf Janas Haut und in ihre Augen, und Janas Körper schien Darm so klug wie sie selbst. Weich und voll Klarheit, was getan werden musste.

Als Darm später nach Hause kam, gegen Morgen erst, kamen die Schatten aus der Rückseite des Himmels, verwegen und rasch. Darm schloss die Augen und sog die Schatten ein, langsam erst, dann immer schneller und endlich, endlich verschwand das Bild von Jana, löste sich auf, zerrieselte.

Darm atmete auf. Und tief durch. Jana. Sie war gefährlich, sie trug so viel Wärme in sich, so viel Wohlgefühl, so viel Klarheit. Er aber musste gierig sein nach dem Unbestimmten, nach dem Grau, er fürchtete sich vor der Sattheit der Feuerschatten, fürchtete, dass sie ihn erneut überwältigen wollten. Und so setzte er sich in die Kälte von Millis Kühlraum und Janas Wärme war umsonst gewesen.

Die Tür war einen Spalt offen, einen winzigen nur, Licht fiel herein. Darauf starrte Darm, in diesen kleinen Lichtstrom, und dachte an Jana, die ihn Oliver genannt hatte, die ihn immer Oliver nannte, aber vorhin war ihre Stimme so weich geworden, dass es kaum zu ertragen gewesen war.

Jana, dachte er, Jana ist ein Stern, ein Segen, ein Himmel, aber nicht für mich. Für mich gibt es keinen Stern, keinen Segen, keinen Himmel.

Er fror, während er das dachte, die Kälte umschloss ihn wie ein dichtes Gewebe. Wenn sie mich finden, dachte er, werde ich zu einem Paket gefroren sein, so fest, so hart, dass man damit einen erschlagen kann, und das Auftauen wird ewig dauern, da werden Rinnsale aus mir fließen, wie Bäche im Frühjahr, wie die Wasserfälle über das Wehr.

Als er später dann endlich doch hinausgestolpert war aus der Kälte, als sein Körper kribbelte, als ob Millionen von Ameisen über ihn hinwegliefen, merkte er erstaunt, dass auch die Zeit sich verlangsamt hatte im Eis, dass die Zeit geflossen war wie zähe Ströme zähen Blutes. Das Gefühl zu frieren war ihm irgendwann abhandengekommen, und schließlich war es Jana gewesen, die ihn zurückgeholt hatte in den Lichtspalt, besser, seine Erinnerung an sie. Die Erinnerung an ihren Körper, an ihre Wärme, die ins Eis gebrochen war wie ein glimmender Lavastrom, und er hatte es geschafft aufzustehen, aus dem Kühlraum zu gehen und die Tür hinter sich zu schließen.

Alles Kalte blieb zurück, die Schweinehälfte, die ein eiserner Haken aufrecht hielt, das Karnickel, das, noch bepelzt und voll Schrot, dezent im Regal lag, und was sich in Millis Kühlraum sonst noch breitmachte.

Darm jedenfalls nicht mehr, nie mehr, das wusste er plötzlich, dass er seinen Platz im Kühlraum nicht mehr länger brauchen würde, dass er ihn überlassen würde, wem oder was auch immer, den Schweinehälften, den Kaninchen, den Joghurts. Und das war eine Sicherheit, die ihn erstaunte, weil er sie lange, lange nicht gespürt hatte.

Die Sonne setzte sich schon breit den Häusern auf die Dächer, und Darm dachte an Jana und dass sie jetzt wohl schlief, und er hatte noch den Geschmack ihrer Haut auf der Zunge und der schmeckte besser als das beste Gericht, das Kurt oder irgendjemand sonst zuzubereiten imstande war.

SEIT SIE regelmäßig in Kurts Küche speisten, anders konnte man das nicht nennen, konnte Muskat dem Fraß aus der Schulküche nichts mehr abgewinnen.

»Die Schuhe«, sagte er und stocherte ein bisschen ratlos im Essen. »Was hat es also mit den Schuhen auf sich?«

»Häh?«, machte Darm.

»Tu nicht so«, sagte Muskat und legte die Gabel weg. »Du weißt, was ich meine. Also?«

»Warum isst du denn nicht?«, fragte Darm und schaufelte sich das faserige Fleisch in den Mund. »Ist doch in Ordnung.«

Muskat schnaufte empört. »Du bist doch krank! Also?«

»Was also?«

»Die Schuhe!«

Darm senkte den Kopf, kaute noch ein bisschen, schluckte und legte die Gabel auf den Tisch, ganz leise, ganz vorsichtig. Dann – verschwand er.

Man kann es nicht besser sagen – er verschwand. Wie eine Fledermaus. Hinein in ein Dunkel, in eine Nacht. Ließ nur seinen Körper zurück und Muskat, verblüfft, verärgert auch, rüttelte an diesem Darm, an dieser Hülle, aber nichts. Nichts.

Dann, endlich, kam er zurück, war wieder da und lächelte und sagte: »Was willst du denn?«, aber in seinen Augen konnte man den Schmerz noch sehen.

»Ist schon gut«, sagte Muskat und schluckte. »Vergiss es. Ist nicht so wichtig. Lass uns gehen.«

»Schuhgröße vierzig«, flüsterte Darm. »Sie hatte Schuhgröße vierzig und Storchenbeine dazu. Sie liegen in meinem Schrank, die Schuhe, ja, ich glaube, da liegen sie.

Du kannst sie anschauen. Sie müssen ziemlich schmutzig sein. Ich habe sie nicht sauber gemacht. Ich konnte das nicht.«

»Ja«, sagte Muskat sanft. »Ja. Ich hör dir ja zu.«

MUSKATS MUTTER war Afrikanerin und das hatten ihn die anderen oft spüren lassen, und darum wusste er, wie es war, wenn man nicht dazugehörte, wenn man einer vom Rand war, ein Grenzgänger, so wie eben auch Darm.

Manchmal träumte Muskat von Afrika, der Heimat seiner Mutter, vom rotgelben Staub der Steppe, vom Gebrüll der Löwen in der Nacht. Dabei wusste er nicht einmal, ob Löwen in der Nacht brüllten. Er war noch nie da gewesen in Afrika, hatte noch nie Löwen brüllen gehört, weder am Tag noch in der Nacht. Er wusste nicht, warum seine Mutter ihr Land verlassen hatte; so, wie er sie nie nach dem Gebrüll der Löwen gefragt hatte, hatte er sie auch danach nicht gefragt. Wahrscheinlich wegen seines Vaters. Vielleicht. Sie war ihm begegnet und hatte ihn geliebt im Bruchteil einer Sekunde. Ja, so konnte es gewesen sein.

Und? War sie hier angekommen? War das nun Glück? Oder was immer sie gewollt hatte?

Muskat stellte sich diese Fragen häufig, wenn sie in

Sommernächten das Fenster weit öffnete und zu singen begann, wenn sie diese merkwürdigen Laute formte mit dunkler metallischer Stimme und in ihre schwarzen Augen eine Sehnsucht trat, die sie so fremd machte, dass es schmerzte, weil keiner Eingang fand in diese Fremdheit, selbst Muskats Vater nicht, der dann manchmal weinte. Spätestens dann ertrug Muskat ihre Stimme nicht mehr, sie ließ ihn herausfallen aus der Sicherheit, in der er sich wähnte. Dann wollte er ihr ins Herz kriechen und in ihre Gedanken, aber am nächsten Tag war er stumm wie immer.

Als sie nun wieder einmal die bunten Tücher auspackte und sein Vater glänzende Augen bekam, da wusste Muskat, dass er es heute nicht ertragen würde. Er musste fort in die Stadt oder hinaus in die Wasserwiesen. Darm war auch schon da. Hatte ein bisschen getrunken. Stocherte im Feuer, machte wilde Hiebe, das Holz brach, die Funken sprühten.

Muskat hockte sich neben ihn, griff nach der Flasche, setzte sie an, scharfe Flüssigkeit rollte durch seinen Schlund. Darm lächelte und grunzte ein bisschen und legte schließlich seinen Kopf an Muskats Schulter. Vorsichtig blickte Muskat sich um. Keiner in der Nähe, keiner, der sie so sehen konnte. Gut. In Ordnung.

Wieder grunzte Darm. »Na, Alter? Peinlich?«

Muskat nickte. »Ja«, sagte er, »ein bisschen.«

»Versteh ich«, sagte Darm. »Versteh ich echt gut. Der

Schwarze, der Irre und das Genie. Schon eine üble Mischung.«

Er lachte und nahm einen Schluck, Muskat überlegte, ob er es witzig finden sollte. »Wo ist die Tante überhaupt?«, fragte Darm. »Sie lässt sich doch sonst nicht abschütteln.«

Muskat wurde zornig. »Du bist ein Arsch. Weißt du das?«

»Ja«, sagte Darm. »Natürlich weiß ich das. Was denkst du denn.«

Sie verstummten, tranken die Flasche leer.

Schuhgröße vierzig also. Und Storchenbeine. Und dann ein Lachen und die Sonne auf der Haut, die war blass und gesprenkelt mit kleinen Pünktchen, die hatte sie gehasst wie die Pest.

»Sie hat sie gehasst wie die Pest«, sagte Darm, schnappte sich einen Ast, bückte sich zum Feuer und rührte ein bisschen um. Pünktchen stoben hoch, Feuerpünktchen, Glühwürmchen in der Nacht.

»Was?«, fragte Muskat und schüttelte den Darm'schen Kopf von seiner Schulter. »Wer hat was gehasst?«

Darm schaute hoch. »Bist ja ein kluges Kerlchen«, sagte er und setzte sein trauriges Kichern an. »Aber das errätst du nicht, Muskat, mein Bester.«

Muskat wiegte den Kopf. »Wetten?«

Darm schwieg, Spannung lag in der Luft, wie vom Feuer beheizt. Es flackerte, zischte, knackte. Darm wartete.

»Das nervt«, sagte Muskat gleichmütig.

»Was?«

»Na das! Das hier. Unser Gespräch.«

Darm schüttelte den Kopf, tippte sich an die Stirn, tippte Muskat an die Stirn. »Haben sie dir jetzt ein bisschen das Hirn vermauert?«

Muskat grinste traurig. »Nein, Alter, haben sie nicht. Haben sie nicht, aber du, du bist immer so, wenn du von *ihr* redest.«

»Von ihr?«

»Von Irina.«

Ein Pfiff, leise. Knacken im Feuer.

»Und dann«, sagte Muskat und schaute Darm ins Gesicht, »dann verschwindest du. Zack und weg. Einfach so. Zack und weg.«

Darm hob seine Augen, er schaute Muskat eine Weile an, dann begannen seine Augen zu flackern.

Muskat nickte. »Macht nichts«, sagte er leise. »Ich halte das aus. Ich warte auf dich.«

Damals also. Schon mehr als tausend Tage.

Damals in dieser anderen Stadt am Oberlauf des Flusses, an einem seiner Nebenarme, um genau zu sein. Da war Monika geblieben, nachdem sie eines Tages im Sprühnebel des Wasserfalls Gesicht und Arme gekühlt und ihr kleines Mädchen spitze Schreie des Entzückens ausgestoßen hatte. Einen tieferen Grund gab es nicht, zumindest hatte Monika Darm keinen genannt.

Darm zuckte die Schultern und kam wieder an, am Feuer, in den Wasserwiesen, bei Muskat. »Weißt du, dass du mein Freund bist?«, sagte er. »Und weißt du, dass ich nie einen Freund hatte?«

Wieder war es Muskat ein bisschen peinlich. Er nickte und hoffte, Darm würde das Thema nicht vertiefen. Der grinste auch schon wieder.

»Ich will dir«, sagte Darm plötzlich und seine Stimme war rau und ein bisschen belegt, »von Irina erzählen.«

Damals also. In dieser anderen Stadt am Oberlauf des Flusses, an einem seiner Nebenarme. Auf der anderen Straßenseite begann der Wald, Augehölz, langastige Weiden, die dich einhüllten wie Gespenster, schlanke, hohe Erlen, im Mai die ersten Tamariskenblüten und der Wind, der alles bewegte, das Wasser, die Blätter, alles rieselte, alles tanzte.

»Wir lebten in diesem bescheuerten Haus am Flussufer, fast im Wald«, sagte Darm und schüttelte verächtlich den Kopf. »Wir lebten in einer Verborgenheit, als ob es uns für die Welt nicht gäbe, eine Frau und zwei Kinder, Irina war die Große und vier Jahre später kam ich, ein Frosch, ein Lurch.«

»Und euer Vater?«, fragte Muskat.

»Zwei Väter«, sagte Darm. »Keine Ahnung von Irinas Vater. Meinen gab's für drei Jahre, dann ist er weg. Abgetaucht. Irgendwo in Amerika ist er wohl. Hab nie mehr was von ihm gehört.«

Er zuckte die Schultern, schwieg ein bisschen. Wind kam auf. Es würde Sturm geben, Regen. Sie mussten schauen, dass sie noch trocken nach Hause kamen.

»Und dann?«, fragte Muskat und starrte in den Himmel, der gelb geworden war wie Schwefel.

»Nichts«, sagte Darm und holte zischend Luft. »Wir sind weg. Meine Mutter und ich. Sind hierher. Aber das weißt du ja. Irina ist geblieben. Wahrscheinlich ist sie eine Nixe. Willst du los? Nach Hause?«

Muskat zuckte die Schultern.

»Dann bleiben wir.«

Als der Wind losfegte, saßen sie wie zwei Steine, stumm und klar. Muskat dachte an Schuhgröße vierzig und dass das ganz ordentlich war und dass es nie im Leben Nixen gab und dass er dafür seine Hand ins Feuer legte.

JANA WAR vom regelmäßigen Rauschen vor ihrem Fenster erwacht. Das Zimmer lag im Grau eines zugeschlagenen Morgens. Die Sonne hatte sich weggefiltert in Nebel und Regen.

Jana stand auf, öffnete das Fenster. Regentropfen sprangen herein und ein kalter Wind, sofort schloss sie es wieder.

Sie dachte an Darm und wie sie miteinander geschlafen

hatten und dass sie ihn seither nicht gesehen hatte und nicht wusste, was es für ihn bedeutete, und dass sie sich ein wenig fürchtete.

Was, dachte sie, wenn, was, wenn ...

Wenn sie sich an ihn erinnerte, trug er die Spuren seines Kampfes im Gesicht, eines Kampfes, den sie nicht deuten konnte, der ihr aber Angst machte. Vielleicht, so dachte sie, hatte sie ihn schon wieder verloren, war er schon wieder weg in seine eigenartigen Auszucker hinein, in seine Sich-weg-Beamer.

Immer noch war der Regen so dicht, dass man ihn sehen konnte, und Jana starrte in die Schlieren vor ihrem Fenster und dachte, dass diese Dichtheit doch eine gute Tarnung wäre, ein gutes Versteck, und dachte, Regen, ach du! Dann ging sie zurück ins Bett, kuschelte sich in die Decke.

Ich weiß nichts von ihm, dachte sie, nur dass er komisch heißt und sich komisch benimmt und dass Muskat ihn als Freund erkoren hat.

Alles war so unbestimmt und sie fühlte Zorn und Ärger und Traurigkeit.

Es klopfte an der Tür. »Bist du schon wach, Jana? Lass uns frühstücken! Es hat zu regnen aufgehört! Der Sommer kommt zurück!«

Ihre Mutter, Regina, stand in der Tür und wirkte frisch und ausgeschlafen. Sie hatten Sonntag, Zeit zum Zeitvergehen, und Regina liebte ausgiebiges Frühstücken und einfühlsames Quatschen und Croissants mit Erdbeermarmelade.

Jana seufzte. »Ich komm schon. Lass mich noch ein wenig.«

»Von wem träumst du denn?«

Jana seufzte wieder und lachte ein bisschen und schüttelte den Kopf, und Regina kam näher und setzte sich ans Bett und kroch unter die Decke und kuschelte sich an Jana und Jana spürte, wie ihre Ungeduld ein wenig schwand.

»Na du?«

»Na du!«

»Hunger?«

»Hunger!«

»Dein Vater lässt fragen …«

»Er ist ein bisschen komisch in letzter Zeit.«

»Ich weiß. Trinkt zu viel.«

»Ja?«

»Ja.«

»Und wenn ich …«

»Und wenn du?«

»Mit ihm rede?«

Regina zuckte die Schultern und stellte sich Hoffmann vor, den sie vor Jahren mit Jana verlassen hatte. »Versuch es. Aber versprich dir nicht zu viel.« Sie lachte. »Er ist ein Mann.«

Jana wollte widersprechen, wollte das nicht gelten lassen, wollte sagen, dass das kein ausreichender Grund sein konnte für *Komisch-Sein,* für *Doof-in-der-Landschaft-Stehen,* für *Nichts-aber-auch-gar-nichts-Checken …*

Da klingelte es plötzlich und sie fuhren erschrocken hoch.

Regina blickte auf die Uhr. »Nanu? So früh? An einem Sonntag? Wer kann das denn sein?«

Wieder Klingeln. Stürmisch! Ungeduldig!

»Erwartest du jemanden?«

Jana schüttelte den Kopf. »Nein.«

Janas Mutter öffnete die Haustür, da stand Darm. Nass. Grau. Ein Strich. Ein Regenstrich.

Sie starrten sich an. Regina wartete auf ein Wort, eine Begrüßung, eine Begründung, was auch immer, aber es kam nichts. Nichts. Darm wartete. Ausschließlich. Sonst nichts.

Schließlich trat Regina zur Seite, verdrehte innerlich die Augen, dachte, Hilfe, was für ein Verrückter, noch so ein Verrückter!

Sie seufzte. »Für dich«, rief sie. »Jana, für dich!«

Er hatte im Regen verdeckt von den Bäumen vor Janas Fenster gestanden und durch das Auge der Kamera schemenhaft ihre Gestalt gesehen, während der Regen ihm ins Genick troff, kaltes, klares Gedröse, den Rücken hinunterlief und sich sammelte überm Steiß und seinen Hintern erst nass machte und dann kalt.

Dann endlich der Gang zur Tür, ein mühevoller Gang, ein endloser. Dann diese Mutter, die ihn musterte wie einen Staubsaugervertreter, wie einen Rechnungseintreiber, aber irgendwann doch einließ.

Später lag er in der Badewanne, still wie ein Stein, Augen geschlossen, das Gesicht nass, wie von Tränen, vielleicht aber vom Badewasser, das er sich in regelmäßigen Abständen ins Gesicht schaufelte.

Regina war gegangen, hatte ihrer Tochter zugenickt und ihnen die Wohnung überlassen, die Badewanne, das Frühstück, alles.

»Ich weiß nicht«, sagte Darm immer wieder und wischte mit beiden Händen über sein Gesicht. »Ich weiß nicht, ich kann nicht …«

»Ja«, sagte sie. »Was?«

Er schüttelte den Kopf, rutschte unter Wasser, tauchte auf, wieder Schweigen. Sie kniete sich an die Wanne, stützte ihre Ellbogen an den Rand, legte ihr Kinn in die Hände.

»Jana«, sagte er, und sie hörte wieder dieses Unbestimmte und dass er sich verkrümeln wollte, und damit, verflucht noch mal, wusste sie nichts anzufangen, aber dann glitten seine Hände über ihr Haar und ihr Gesicht, und sie spürte die Nässe, und es machte nichts, auch nicht das Prickeln, wenn das Wasser von der Haut wegtrocknete.

»Jana«, sagte er und seine Kehle war rau und er musste sich räuspern und wurde ganz leise und sie jubelte, aber innendrin und klitzeleise, sie jubelte und dachte, ich habe ihn, ich habe ihn ja doch, meinen Oliver, meinen Darm, und darüber musste sie lachen in einer endlosen Abfolge von Gluckersilben, von Silbenkieksern, von Kiekserglucker.

Er schaute überrascht und wusste nicht und fragte: »Was hast du denn? Was ist so komisch?«

»Nichts«, sagte sie, »mach dir keine Gedanken. Du bist einfach so nass. So nass.«

Sie schnappte ihn an den Ohren und schüttelte ihn ein bisschen hin und her und er machte »Aua!«, und es spritzte rund um ihn und ein bisschen hatte er noch den Geschmack des Regens an sich und wieder sagte sie: »So nass! So unglaublich nass. Und dreckig. Und ... ich weiß nicht.«

»Tja«, sagte er, »das ist so, weißt du, wenn man in der Wanne sitzt oder im Regen steht oder ...«

Und wieder kein Satz zu Ende gebracht und wieder abgewartet und ...

So ist das, dachte sie. Genau so. So ist das halt einfach. So wollen wir das.

SIE TRIEBEN in der Mitte des Flusses, im tiefen Sommer im breiten Fluss, die Tage wurden lang, länger, je tiefer der Sommer wurde, die Tage waren ohne Ziel, Ferientage, freie Tage. Im Brennen der Sonne kämpften sich

Darm und Jana quer durch den Fluss, dann lagen sie in der Mitte, endlich, überließen sich der Strömung, und sie war wie ein Sog, dem man sich nicht mehr entziehen wollte, wie eine Welle, die einen trug und fortschwappte in ein Land, in dem Milch und Honig flossen, wo das Leben insgesamt ein breiter Fluss war, ein breiter, breiter Fluss, der den Himmel hell machte.

Am Abend gingen sie flussaufwärts, den Wasserwiesen zu. »Die Bäume«, sagte Jana, »ich finde, die Bäume sehen in diesem Licht, wenn es rot wird, aus wie die Schiele-Bäume, du weißt schon, diese schwarzen Gespenster mit den dünnen Stämmen und Ästen.«

Darm nickte, grinste, aber so, dass Jana es nicht merkte. Schiele-Bäume, dachte er, schwarze Gespenster, tss tss, mein Janchen!

»Ja«, machte sie, »was?«

Er schaute sie überrascht an.

»Was hast du grade gedacht?«, fragte sie angriffslustig, blieb stehen und streckte ihre Hände in die Hüften.

Süß, dachte er, sie ist wirklich süß, wenn sie sich ärgert, und wusste gleichzeitig, dass das alle dachten von ihren Mädchen, wenn sie verliebt waren, weil es eben süß war, wenn sie dastanden, die Mädchen, mit den Händen in den Hüften. Er grinste über sich selber und seine Gedanken, Sommergedanken, die hierhin staksten und dahin. Er zog Jana an sich, drückte sie, strich ihre Wange.

»Also?«, fragte sie. »Was denkst du so in dich hinein, wenn du so in dich hineindenkst, du Grinser. Ich kenn dich, Bursche. Du kannst vor mir nichts verbergen.«

»Dass du verrückt bist«, grunzte er, »eine ziemlich verrückte Schnecke.«

Sie öffnete den Mund, wollte etwas sagen, wollte keck sein und frech, aber er küsste sie rasch und tief und so, dass sie nichts mehr sagen konnte.

Später saßen sie, wo sie immer saßen, Jana fror ein bisschen. Das kam, weil der Fluss sich in seine zwei Arme geöffnet hatte und das Licht auf sich sammelte, dieses rote, das in der Dämmerung immer ein bisschen unheimlich wurde, und das war einfach zum Frieren.

Linker Hand spiegelten sich die Lichter aus den Fenstern der Häuser am Ufer und machten weiße und rote Streifen ins Wasser, aber es war ein anderes Rot als das des Himmels, ein kräftigeres, und wenn der Himmel sein Rot langsam verlor, wurden die Lichter aus den Fenstern der Häuser immer voller und deutlicher, und dann fielen die weißen Streifen ein bisschen ins Gelb und ins Orange und das Wasser wurde dunkler.

Jana schmiegte sich an Darm, das tat ihm gut. Abdruck in meiner Seele, dachte er spöttisch, hätte Monika es genannt. Ach, Monika, dachte er, ach, Mum, und spürte plötzlich eine kleine Wärme für sie. Auch das, ahnte er, war wohl ein bisschen Janas Verdienst und er steckte sein Gesicht in ihre Haare und die rochen nach Heu und nach Wasser und nach er-wusste-nicht-was-sonst-noch, aber das war egal.

»Was hast du denn?«, fragte sie und umfing ihn mit ihren Armen und schluckte doch selber ein bisschen, weil alles gerade so schön war.

»Nichts«, sagte er, »und du?«

»Auch nichts«, sagte sie, »aber vielleicht ...«, und schluckte, »vielleicht sind es die Schiele-Bäume, die sind so – einsam.«

Er prustete los, stichelte mit seinem Zeigefinger in ihre Rippen. »Einsam!«, kiekste er. »Einsam! Ja! Die Bäume! Die Schiele-Bäume. Ja! Das ist wirklich eine Tragödie! Die Voresberg würde sagen, eine von *faustischem Ausmaß*!«

Da lachten sie beide und dachten an die letzte Literaturarbeit, die Darm so was von versemmelt hatte, und dann wurden sie wieder still und schauten sich fest im Rot, im Gelb, im Blau, und dann wurde Jana erneut sprüngelig und Darm merkte es und spürte ein zärtliches Grinsen im Bauch.

»Ach, Janchen«, sagte er, »sind wir schon wieder ein wenig melancholisch, mein Janchen?«, und grinste weiter und wusste, gleich würde sie ihn ein bisschen beißen, gleich würde sie ihm ganz zart eine knallen, weil sie das nicht mochte, sein Janchen-Gesage, nein, sie mochte das ganz und gar nicht und drum tat er's hin und wieder, sie Janchen nennen, ein bisschen necken, das machte warm im Bauch. Und wirklich stieß sie ihn in die Hüfte und kiekste los und nannte ihn Därmchen, »Mein kleines Därmchen, du!«.

Dann Kuss und dann Liebe. Voll Knall, ohne Muße, vor dem roten Himmel und dann stieg der Mond, halb voll und klar, und wusste schon alles.

DARM SPRANG aus dem Bus, marschierte die Straße entlang, freute sich auf Kurts leckeres Essen, zwitscherte ein bisschen durch die Lippen, Hände in den Hosentaschen, iPod in den Ohren, *klack klack*.

Geht gut, dachte er und klackte den Takt, geht echt gut mit Jana, mit Kurt und *klack* mit Muskat. Wow, dachte er und staunte und sprang über Steine und kickte sie durch die Luft, wow und *klack* und getroffen, dass das so sein kann, so gut, so leicht.

Seit Tagen kein Filmen, die Kamera in der Ecke im Zimmer. War zu beschäftigt, der Darm, mit dem Glücklichsein, mit dem Leben, dachte ständig an Janchen und musste lachen, immerzu lachen.

Doch dann öffnete er die Gartentür und da – saßen zwei.

ES WAR zehn und schon dunkel, als schließlich alles gesagt war, und Darm wusste, dass er hätte bleiben sollen am Fluss, bei den Schiele-Bäumen. Dort waren die Geräusche nicht, was sie waren, dort war alles ein bisschen leiser und langsamer, solange man nur in diesem Halbdunkel blieb und das Straßenlaternenlicht mied. Aber irgendwann, das hatte Darm ja gewusst, das wusste er schon sein ganzes Leben, irgendwann musste man immer hinaus, und dann hatte das Schnelle einen wieder und das Laute und das Unfassbare.

»Hallo, Oliver«, hatten sie gesagt und ihm nacheinander die Hand gedrückt, erst der Dicke, dann der andere. »Siehst gut aus. Richtig erwachsen geworden.«

DARM HATTE sie erkannt, sofort, auf der Stelle. Als er die Gartentür geöffnet und sie gesehen hatte. Verfluchte Scheiße. Die da saßen. Die da auf ihn warteten. Denn das taten sie. Das war so klar wie der Klare in Millis Wirtshaus oder das Amen im Gebet, das er nie betete.

Waren Polizisten, die dort saßen. Hatten sich in den drei Jahren nicht sonderlich verändert. Vielleicht war der eine ein bisschen dicker geworden. Aber sonst? Sie waren nicht unsympathisch. Nie gewesen. Er hatte sie schon damals gemocht. Ehrlich. Soweit man eben so jemanden mögen konnte, wenn das alles so war, wie es eben war, nämlich Irina weg, verschwunden, unauffindbar.

Nur ihre Schuhe waren geblieben, ihre saumäßig verdammten, verfickten Schuhe, und keiner wusste von ihnen. Keiner, nur er, Darm. Sie standen in seinem Schrank, waren gut versteckt. Sneakers. Blau. Mit Glitzerstern an der Seite. Hatten ihr nicht geleuchtet. In keiner Nacht. Aber ihm, Darm. Ihm leuchteten sie. Jede Nacht seit damals. Leuchteten ihn an, glitzerten ihn an, sagten, du Arsch, du Pfeife, was hast du gemacht?

Ja, was? Was hatte er gemacht?

Er war doch nur ... Er hatte doch nur ... Weil sie ...

Langsam zog er die Gartentür wieder zu. Ganz langsam, trat einen Schritt zurück, spürte, dass etwas in ihm zu pochen begann.

Nein, dachte er, ich will das nicht, will nichts wissen von denen, wo doch Monika nicht mehr da und ich – doch allein.

Nein, war er nicht. Er war nicht allein. Kurt war da. Hatte Kaffee hingestellt und Kuchen, der sah saugut aus.

Darm blieb stehen, horchte in das Schlottern seines Körpers, horchte dem Zittern nach, das ihn immer schneller ansprüngelte. Es hatte in den Kniekehlen begonnen, stieg nun, immer rascher, erreichte Lunge, Mund, alles. Raubte Atem, Stimme, alles.

Nein, dachte er, nein, will ich nicht. Keine Ruhe dann mehr. Gar nicht mehr. Will ich nicht. Jana! Hilf!

Er stand wie ein Stein, wie ein Baum, ein Schiele-Baum, durch dessen nackte schwarze Äste die Sonne gefror.

Idiot, dachte er, was bin ich für ein Idiot! Kann doch nicht wirklich geglaubt haben, dass ... Hätte doch gar nicht wahr sein können, dass ...

Er wusste, er würde kotzen, er würde würgen, aber nicht die Angst aus sich heraus, das ging nicht, damals nicht, heute nicht, nie. Jana, dachte er noch einmal, heilige Jana, hilf!

Aber Jana würde nicht helfen, Jana war weit und vor allem nicht heilig, und wenn die Heiligen auch damals nicht hatten helfen können, wie denn jetzt?

Damals, am Ende der anderen Zeit, vor tausend Tagen, hatte Monika zu beten begonnen, hatte alle Heiligen angerufen, derer sie sich erinnern konnte aus ihrer katholischen Kindheit, hatte Pfarrer zu Hilfe geholt, erst einen katholischen, dann einen evangelischen, und als alles nichts half, auch einen Rabbi und einen Imam, kurz, sie rief alle Götter an, derer sie glaubte in irgendeiner Weise ein wenig habhaft werden zu können, aber nichts half.

Darm drehte um, leise, vorsichtig, dass sie es nicht sahen, es nicht bemerkten, er würde einfach gehen, zurück zum Fluss und verschwinden, wie Irina. Ja, wie Irina. Und dann Monika. Die hatten es vorgemacht. Also konnte er das auch. Wenn einer Darm hieß, durfte er verschwinden dürfen. Und *wenn* einer Darm hieß, dann war *er* das.

»Oliver«, rief Kurt und alles stürzte ein.

Darm blieb stehen. Scheiße, dachte er, hatte der kein Mitleid, der Kurt, hatte der, Scheiße noch mal, kein Mitleid?

Kurt kam auf ihn zu und nichts half mehr, kein Kopfschütteln, kein Ohrenverschließen, kein Füße-in-den-Boden-Stemmen, nichts. »Komm, Oliver«, sagte Kurt. »Ich bin ja da.«

Ja ja, dachte Darm, du bist da. Du gehst in deine Werkstatt und restaurierst ein Lied oder ein Gedicht oder ein Wörterbuch, weiß der Teufel, aber du bist da.

Die beiden Polizisten waren aufgestanden, schauten in seine Richtung. Ja, dachte Darm, an die zehn Kilo werden das schon sein, mindestens, vielleicht fünfzehn, ordentlich gefressen, der Alte.

Sie nickten ihm zu, als er endlich herangeschlurft kam, sie nickten und lächelten sogar ein bisschen, aber nur wenig, dem Anlass entsprechend.

»Hallo, Oliver«, sagten sie und drückten ihm nacheinander die Hand, erst der Dicke, dann der andere. »Siehst gut aus. Richtig erwachsen geworden.«

Darm ließ sich die Hand drücken und schwieg und dann schwiegen die Polizisten auch und dann wurde es ein bisschen peinlich still, aber das merkten nur die Polizisten, Darm nicht, denn Darm spürte dem Stein in seinem Magen nach, und er merkte, dass er schwer wurde, schwer wie der Stein und schwer wie die Hölle, und schließlich sagte der Dicke: »Wir müssen miteinander reden, Oliver. Setz dich.«

Dann saß er und dann redeten sie und dann war alles klar. Sie hatten sie gefunden. Irina war zurück. Nach mehr als tausend Tagen. Nicht nur im Traum. In Wirklichkeit. Ihre Knochen zwar nur. Trotzdem sie.

SPÄTER restaurierte Kurt sein Lied, und Darm saß dabei und staunte über die Größe des Schicksals und den Duft, den es in der Werkstatt verströmte nach Leinöl und Bienenwachs und Firnis und Kitt und Schellack.

Währenddessen brütete er über dem Kuchen, es war sein fünftes Stück, und er spürte, wie sein Magen sich füllte mit Teig und Schaum und Früchten und Schlagsahne und dass er schwer wurde und träge und sogar ein bisschen warm. Er spürte Kurts Blick im Nacken und wandte sich nicht um. Halt die Klappe, Kurt, dachte er, sag nichts, es ist nicht Zeit zum Reden.

Aber Kurt wusste das selbst, also schwiegen sie, nebeneinander, aneinander vorbei, wie Steine, verstummt.

Dass Irina tot war, hatte Darm gewusst. Anders als Monika und anders auch als Kurt. Ihm war immer klar gewesen, immer, klar wie Kalbsbrühe, dass sie auf *diese* Art gegangen war. Schließlich hatte er sie stürzen sehen. Hinein in den Fluss. Und ihren Schrei gehört.

SIE HATTEN GESUCHT. Am nächsten Morgen. Alle. Polizei, Feuerwehr, Rettungsleute, der ganze Ort. Das Wasser war stark gewesen und hoch, die Strömung schnell.

Sie hatten sie nicht gefunden. Nicht am Wehr. Nicht am Unterlauf des Flusses. Nicht am Damm, wo die Stämme zusammentrieben. Schon gar nicht im Auwald und nicht in den Hütten am Teich. Wie auch? Da war sie ja nicht gewesen. Aber das wusste keiner. Nur Darm. Und Darm schwieg. Musste schweigen. Während das Wissen in ihm hin und her rollte und Wunden riss und Schrunden und er aber nicht weinen konnte und nicht schreien, denn dann hätten sie ihn gehört. Und er sich selber auch.

Die Nacht kam. Die erste. Dann die nächste. Noch hofften sie. Noch durfte man hoffen. Aber weitere Nächte folgten. Viele. Und nichts. Und irgendwann: keine Hoffnung mehr.

Lange fragte Monika nicht und Darm gewöhnte sich an die rot glühenden Stellen in seinem Inneren und irgendwann … brannten sie nicht mehr. Irgendwann brannte nichts mehr.

Dann fing Monika an bescheuert zu werden, sich einzuquartieren in dieser anderen Zeit, die es nicht mehr gab. Wie erstarrt verwehrte sie sich klar und gerade allem Wissen und irgendwann begann sie zu zerfallen, langsam, in Zeitlupe. Darm sah es und konnte nichts tun, konnte ihr nicht beistehen, ihr nicht helfen, sie waren zwei Steine, die sich nicht mehr aneinander rieben. Dann, ein einziges Mal, fragte sie ihn: »Was hast du gemacht?«

Ihre Augen flackerten, aber glimmten im Innersten wie Stahl, und Darm begann zu zittern, zu ächzen, war verloren.

Getötet hab ich sie, dachte er, umgebracht. Sie nickte, ging, ließ ihn stehen.

Er schlug sich auf den Mund, hieb seine Zähne in das Fleisch seiner Lippen, schmeckte Blut. Hatte er laut gedacht? Nein. Aber sie ...

Dann fing sie an zu trinken, erst Wein, dann Schnaps. Dazu die Liebhaber. Alles das, womit sie ihm, Darm, zeigte, dass sie ihm nicht verzieh. Dass sie ihn getauscht hätte, ihn gegen Irina. Sofort. Wenn das gegangen wäre. Und er konnte das verstehen. Absolut. Denn was war er denn schon gegen Irina? Ein Nichts, ein Niemand, eine Winkelraute im Wind, die sich drehte und wendete, für nichts zu gebrauchen, kein Widerstand gegen das Wetter, gegen das Leben, gegen den Tod.

Dann ging es schnell.

Dann blieben die Liebhaber aus, dann stand sie nicht mehr auf, wurde grau wie das Zimmer, in dem sie lag, grau wie ihr Pullover, in dem Darm in den Tagen des Unglücks verschwunden war, grau wie der Mond in der Nacht und der Himmel vor dem Regen. Ihre Haare jedoch leuchteten bis zum Schluss, leuchteten gelb wie das Gelb des Marmorkuchens, den Kurt in Millis Küche backte.

Irgendwann gab es keine saubere Wäsche mehr im Schrank. Alles lag schmutzig auf dem Boden im Badezimmer vor der Waschmaschine, aber keiner füllte sie mehr. Bis Darm es schließlich selbst tat. Weil er sonst stinkend hätte in die Schule gehen müssen. Oder nackt. Irgendwann stand Monika nicht mehr auf. Lag in ihrem Zimmer, das grau war wie sie selbst, hatte dieses Grau überall an sich, an ihren Augen, ihren Beinen, in ihrem Schlund. Nur nicht in ihren Haaren. Die leuchteten. Blond. Wie das Gelb des Marmorkuchens.

Darm begann zu kochen. Machte Milch warm. Brühte Kaffee auf. Kaufte Rosinen und mischte sie in den Milchreis. Denn den liebte sie. Bis zum Schluss. Milchreis mit Rosinen und einem ordentlichen Schuss Rum.

»Mein Kleiner!«, lallte sie dann, als sie gegessen und er ihr die Reste des Breis vom Kinn gewischt hatte. »Ich würde für dich sterben.«

Ihre Augen glänzten, und er spürte, dass er weinen wollte. »Ich weiß«, flüsterte er, »tu's nicht.«

Sie tat es doch. Aber nicht für ihn. Für niemanden. Sie tat es einfach. Vielleicht für sich selbst. Weil sie nicht mehr wollte. Und nicht mehr konnte. Redete buntes Kauderwelsch von Irina. Stand nicht mehr auf. Redete nicht mehr. Starb einfach. War eines Morgens nicht mehr da. Oder nur noch körperlich, zwei Tage lang, körperlich. Begann dann zu riechen, dass man sich die Nase zuhalten musste, aber trotzdem kotzen wollte.

Schließlich rief Darm ihren Bruder an. Darm senior. Kurt. Und der kam. Und war entsetzt und wollte Darm junior, der sein Neffe war, auf der Stelle mitnehmen. Aber der weigerte sich.

Kurt schaute sich um. Das Haus war kalt und wirkte endlos leer und ein bisschen so, als spuke noch Monikas Geist herum. Darm stand am Fenster und schaute über die Bäume hinweg in die Ferne, in den Himmel. Da war sie wohl, seine Mum, und blickte herab auf ihren kleinen Darm, der so klein gar nicht mehr war, der sie überragt hatte um Haupteslänge, besonders, seit sie geschrumpft war und der Alkohol sie umflort hatte wie ein Nebelschwaden am Morgen den Morgen.

Darm schaute über die Bäume hinweg in die Ferne. Er schaute und schaute und nichts wurde anders.

Kurt schüttelte den Kopf und spürte eine große Traurigkeit in sich. Er dachte an Darms Vater, der sich irgendwo in Amerika eingenistet hatte, bloß wusste keiner, wo genau.

»Nein, Oliver, du kannst hier nicht bleiben«, sagte er und wurde sich mit einem Mal seiner Verantwortung bewusst und spürte diese Verantwortung hart in seine Magengrube knallen. Er trat an Darm heran, legte ihm die Hand auf die Schulter, aber der schüttelte sie ab. Arschloch, dachte er, blödes, verwichstes Arschloch, aber eigentlich, das wusste Darm, war Kurt keines, ein verwichstes schon gar nicht, und eigentlich wusste er auch, dass er hier tatsächlich nicht bleiben konnte.

»Meine Wohnung ist groß«, sagte Kurt in Darms Schweigen hinein. »Das weißt du ja. Zweihundert Quadratmeter, da können wir uns ganz einfach aus dem Weg gehen. Außerdem koche ich nicht schlecht und wir haben ja auch noch die Kneipe im Haus.«

Wir werden sehen, dachte Darm, wir werden sehen.

Die nächsten Tage verbrachte er in dem angenehmen Schwebezustand einer Gleichgültigkeit, wie er sie noch nie verspürt hatte. Alles schien die gleiche Farbe zu haben, war wie von einer getrockneten Durchsichtigkeit. Auch Monikas Begräbnis. Da hatte er zum ersten Mal die Kamera dabei, hatte sie sich gekauft am Vortag von einem Packen Geld, den er in der Küchenschublade gefunden hatte, nahm sie von nun an zwischen sich und die Welt.

Als der Sarg langsam in die Grube fuhr, hob Darm die Hand und machte so etwas wie ein Winken, wie ein Wolkenankratzen, dass endlich der Regen kommen sollte, aber der kam nicht. Immerhin legte Kurt seine Hand auf Darms Schulter und Darm schüttelte sie nicht ab.

Später ging er die Gänge zwischen den Gräbern hinunter, allein, filmte ein bisschen, die Gräber, die Gespenster, das schmiedeeiserne Tor, dessen Flügel weit aufgeschoben waren, weit genug, dass die Wägen passieren konnten, die schwarzen Limousinen mit den blickdichten Scheiben, die neue Kundschaft brachten, unauffällige, stille, die sich ebenso unauffällig einfügen würde in die Reihen der Gräber.

Kurt und Milli standen noch an Monikas Grab, niemand sonst hatte sich eingefunden. Kurt schaute Darm hinterher, ratlos und unsicher, was das werden würde mit ihm und diesem sechzehnjährigen Bengel, der ihm da unverhofft ins Haus geschneit war, in die Werkstatt, in sein Leben. Er hob die Hand, öffnete den Mund, wollte rufen: »Warte, Oliver! Gehen wir was trinken!«, aber rechtzeitig besann er sich, wo er war und dass man an diesem Ort der Stille still zu sein hatte. Also senkte Kurt seinen Arm wieder, schloss den Mund und überlegte, wen sein Rufen wohl gestört hätte. Da drehte Darm sich um. Als ob der ungerufene Ruf doch an sein Ohr gedrungen wäre.

In den nächsten Tagen räumten sie das Haus am Fluss, und als sie es endgültig verließen, trug Darm die Schachtel mit den letzten Dingen seiner Mutter unter dem Arm – Briefe, Schriftstücke, Fotos. Nichts davon hatte er sich angesehen, auf nichts war er neugierig gewesen. Einen kurzen Augenblick lang hatte er sogar überlegt, alles zu verbrennen, ein Feuer darüber hinweglodern zu lassen, und am Ende flögen schwarze Fetzchen und alles wäre auf null, auf nada, auf zero. Aber daraus war nichts geworden, die Schriften und Fotos hatten sich widersetzt, schweigsam zwar, aber doch laut genug.

Auf der Fahrt in die Stadt zu Kurts Haus starrte Darm aus dem Fenster, ignorierte Kurts Versuche, ein Gespräch zu beginnen, dachte, halt dich raus, Kurt, halt dich einfach raus! Und als ob Kurt es gehört hätte, schwieg er bis zu seinem Haus, bis in seine Küche, bis in Darms neues Zimmer hinein. Gut, dachte Darm, gut so, so will ich das. Er stellte die Schachtel in das unterste Fach seines Schranks, da standen schon Irinas Schuhe, kurz berührte er sie, dann legte er sich ins Bett, schlief auf der Stelle ein, schlief wie ein Stein.

ICH WAR DABEI«, sagte Darm und Muskat blickte hoch von den Flammen und die Flammen blieben in seinen Augen. Seit Stunden saßen sie in den Wasserwiesen, schwiegen vor sich hin. Muskat dachte an den Sommer. Darm dachte an Irina, wie an einen Schatten, wie an eine zweite Haut.

Sie ging nicht mehr weg, verschwand nicht, obwohl sie tot war, toter als zuvor, als nur er es wusste, weil er dabei gewesen war.

»Weißt du«, sagte Darm und schaute an Muskat vorbei, »der Sommer hatte gerade angefangen.«

Er sprang auf, ging an die Wasserlinie, schippte Kiesel in den Fluss. Muskat wartete.

»Die Nächte«, sagte Darm, »waren kühl, der Lärm von

der Autobahn lag in der Luft, strömte einem ins Blut.« Es war Mai, fast Juni. Die Wiesen lagen gemäht und duftend, hin und wieder hatte es Rehkitze erwischt, hin und wieder hinkten die Katzen.

Monika liebte ihre Kinder und sorgte gut für sie, hatte sich eingerichtet im Leben, war an diesem Fluss hängen geblieben, an seinen Ufern, Kurt, ein paar Flusslängen weiter, verdiente gut und ließ seine Schwester und ihre Kinder daran teilhaben.

Und so lebte es sich, wie es sich eben lebte, wenn die Tage ins Wasser rauschten und davonschwammen auf den weißen Gischten am Wehr, an der Staumauer, die hoch herausragte, wenn Niedrigwasser war.

Die Gischten am Oberlauf waren Darms Lieblingsplatz. Hier fiel der Fluss lärmend über Felsen und Steine, zeigte seine unbändige Kraft, man konnte schreien, so laut man wollte, und kam nicht gegen ihn an. Weiter unten wurde das Wasser leiser, plätscherte vor sich hin in Unschuld und Sanftmut. Darm aber wusste wie alle, die hier lebten, dass das trügerisch war, dass der Fluss sich, wenn er wollte, in kürzester Zeit zu einem gewaltigen Monstrum auswachsen konnte, alles verschlingend und zerstörend, was sich ihm in den Weg stellte.

»Weißt du, der Sommer ...«, begann Darm und schwieg dann wieder. Hatte angefangen, dachte Muskat und verdrehte ein klein wenig die Augen, ja, das wissen wir ja nun schon, und wartete ein bisschen und fragte dann doch endlich, wie und wann und ob das heute mit der Geschichte noch was werde.

Darm räusperte sich. »He, Alter«, sagte er und dann schwiegen sie wieder und starrten in die Flammen und daneben rauschte das Wasser nach den Steinen und dem Gras, wie damals, und alles war ersoffen, Papier, Blech, Glas. So hatte es angefangen.

»So hat es angefangen«, sagte Darm, und seine Stimme wurde brüchig, wurde ein bisschen, wie Irinas Knochen vermutlich jetzt waren, zerschrunden und zersplittert.

Es hatte angefangen mit Gewittern und starken Regenfällen, der Himmel explodierte und verhieß nichts Gutes. Im Fernsehen sprachen sie von Italien-Tief und dass kalte Luft aus Frankreich ans Mittelmeer käme und die Nässe in die Höhe trage. Also noch mehr Regen. Bächen gleich stürzte er herab, das Land versank in störrischen Fluten, die troffen ihre Nässe in Wiesen und Flüsse, alles quoll über, alles stieg und rauschte, kein Maß, Balance verloren, Gleichgewicht verschoben.

»Wir haben das geliebt«, sagte Darm. »Dieses Reißen und Fluten. Irina und ich. Wir haben das geliebt. Wir verstanden Monika und ihre Angst nicht, das Haus war nur ein Haus, und dass es gefährdet schien, na ja …«

Der Fluss stieg rasch, brachte Zweige, Äste, ganze Bäume aus dem Oberlauf, das Wehr war plötzlich nur mehr ein niedriges Mäuerchen, über das ungebremst die weiße Gischt rauschte, kaum noch einen halben Meter unterhalb des Steges, der die Uferränder diesseits und jenseits des Flusses verband.

Sie tigerten durch die Au, Irina und Darm, sie kannten jede Wurzel, jeden Steig, aber nun war alles anders, frisch und erregend, alles duftete nach dem Regen und dem Sturm.

Darms Stimme knickte ein und Muskat schaute hoch und wieder die Flammen in seinen Augen und Darm starrte sich fest an ihrem Züngeln.

»Wir schrien gegen den Wind an, gegen den Regen, gegen den Himmel, der war so tief ...«

Sie schrien gegen den Wind an, gegen den Regen, gegen den Himmel, der war so tief, dass sie glaubten, sein dunkeldüsteres Grau würde sich über sie stülpen, würde sie einatmen und sie wären das Auge des Sturms und also verloren. Dann das Wehr, der Fluss, der Steg über den Fluss, Irina auf dem Steg. Streckte die Arme aus. Balancierte. Schrie. Darm hörte ihren Schrei, dann erstarb er, im Lärm, im Gebraus, im Getös.

»Nein«, schrie Darm, schüttelte den Kopf, riss die Arme in die Höhe. »Nein!«

Aber der Baum im Wasser schoss heran. Die Krone voll Astwerk, voll Blattgespinst. Rauschte in Irinas Rücken hinein. Pflügte ihre Beine. Mähte sie um ...

War wie Asche gewesen, Irina. Auf der Stelle. Wie Asche.

DARM hatte der Stille nachgelauscht, lange, dem Ascheregen, hatte irgendwann gemerkt, dass die Stille nur in seinem Kopf war, nur in seinen Ohren, war an die Stelle herangetreten, von der Irina verschwunden war, hatte ihren Namen gebrüllt, immer wieder, aber keiner hatte ihn gehört, keiner, sie am allerwenigsten. Er hatte dem Regen getrotzt, dem Sturm, hatte seine Knochen gespürt, von der Nässe aufgeweicht, hatte Irina hinterhergewollt, hatte ihr Lachen gesehen, ihre glänzenden Augen und wie sich ihr Haar um ihren Körper bauschte.

Dort vorne stand sie und hatte nichts unter den Füßen, keinen Boden, keinen Widerstand, nichts, ein Faun war sie geworden. »Komm«, sagte sie, »komm doch«, lockte sie. »Lass uns zusammen fort, lass uns zusammen in die Gischt hinein. Die ist, wie wir es immer geglaubt haben, leicht und zart und fein, ein durchsichtiges Schimmern, ein Schweben und wir beide … mittendrin.« Darm streckte die Hände aus, spürte, wie er sich sehnte, spürte sein Sehnen bis in die Fingerspitzen, bis in ihr Lächeln hinein, aber dann sah er, kein Lächeln, es war kein Lächeln mehr, sie weinte, den Regen, den Sturm, sie weinte alles Wasser aus sich und es schäumte und schäumte und dann – löste sich endlich das Blatt Papier aus Darms Hand, dieser verfluchte Brief, und segelte fort.

Darm sah es und sah, dass das Blatt in Irinas Gesicht segelte, sah, wie Irinas Gesicht seine Konturen verlor, dass es verwischte wie die Schrift auf dem Papier und dann – sich auflöste, zerpengte wie eine Seifenblase, schillernd in allen Farben des Regenbogens.

Sie war fort, Irina, endgültig fort, und er, Darm, allein. Auf diesem verfluchten Steg allein.

Irgendwann war er zurück auf die Wiesen, zitternd, schlotternd, stand bis zu den Knöcheln im Wasser, stand im Matsch. Da waren ihre Schuhe, die hatte sie noch ausgezogen, die eigneten sich nicht für einen Gang über den Steg, die hatten rutschige Sohlen. Darm starrte sie an, diese Schuhe, schluchzte laut auf, endlich bückte er sich, nahm sie, sie waren schwer vom Wasser, er presste sie in seinen Händen zusammen, wrang sie aus, so gut es ging, taumelte rückwärts dem Weg zu, den sie gekommen waren, stürzte durch die Au auf das Haus zu, das immer noch stand.

Darm schlich sich ins Haus, alles war still, Monika schlief in den Armen ihres Liebhabers, alleine hatte sie nicht bleiben wollen in diesen Nächten, die einem Untergang so nahe schienen.

Lautlos öffnete Darm die Tür zu Irinas Zimmer, schlich an ihr Bett, lüftete die Decken, vielleicht, dachte er, war alles ein Traum und da liegt sie und schläft mit geröteten Wangen und zerzaustem Haar und ich kitzle sie wach und wir lachen und sie wirft eine Decke nach mir, wie sie es manchmal schon getan hat, und ich werde mich schützen müssen mit den Armen vor dem Gesicht und alles ist wie sonst.

Aber nichts war wie sonst. Unter der Decke lag keine Irina.

Wie betäubt schlich Darm in sein Zimmer. Ihre Schuhe in seinen Händen wogen wie Felsen, tropften auf den Boden, er stellte sie in das unterste Fach seines Schranks, fein säuberlich, fein nebeneinander. Sie durften sich berühren, durften zusammenbleiben, gemeinsam würden sie trocknen und Darms Schmerz sein für immer.

Das Klappern begann, das Zittern, das hoffnungslose Frieren. Er schleppte sich ins Bett, zog die Decke über sich. Tief musste er die Luft einsaugen in seine Bronchien, in seine Lunge, wie ein Asthmatiker, fürchtete zu ersticken. Dann wäre auch er tot und Monika allein.

Draußen heulte der Sturm zu Ende, drinnen erhob sich die Kälte, und er wusste nicht mehr, wie sich legen, wie sich betten, denn sie war überall, die Kälte, sie berührte ihn, griff ihn an, kroch durch ihn hindurch, blieb in seinem Kopf, in seinen Armen. Stöße von Eis jagten durch seinen Körper, sobald die Decke ihn berührte, und er wusste, so würde das jetzt sein für immer. Er fror, fror wie ein Stein, wie ein Fels im Winter, wie der nördlichste Punkt der Erde.

Am nächsten Tag beruhigte sich das Wetter, Regen nur noch selten, Sturm gar nicht mehr, manchmal brach sogar die Sonne durch. Das war gut für die Suche, die nun einsetzte. Sie hatten Darm gefragt, ob er etwas wisse, wo sie gewesen sei, wo man suchen könne.

Er wisse nichts, hatte er gesagt, nicht, wo sie gewesen sei, nicht, wo sie sein könne, nicht, wo man suchen solle. Dann verstummte er. Sie ließen ihn kopfschüttelnd in Ruhe, und er starrte ins Grau von Monikas Pullover, den hatte er sich geholt und fein säuberlich zurechtgelegt, und da lag er nun und kroch in seine Augen.

Sie hatten überall gesucht, aber Wind und Wetter und das viele Wasser hatten alle Spuren vernichtet, alles Wissen aufgesogen, das sich jemals hätte ergeben können. Darm saß an seinem Platz am Fenster, schlotternd, und tauchte seine kalte Nase in Monikas Pullover und ließ ihn nicht mehr los. Nachts stülpte er Irinas Schuhe über seine Hände und konnte nicht weinen und nicht reden, konnte nichts erzählen von dem, was geschehen war, nicht von *Irina-auf-dem-Steg,* nicht von ihrem Fallen, ihrem Sterben, alles blieb versperrt in seinem Kopf, in seinem Körper.

Wasserwiesenzeit, halbhoher Sommer jetzt und ein Jahr her Monikas Tod und drei Jahre schon Irinas. Und immer war er schuld gewesen. Von Anfang an. Und jetzt wieder.

Vielleicht hatte er zu wenig getrauert. Zu oft gelacht. Zu sehr geliebt. Zu viel Jana. Zu wenig fremd geblieben in der Welt. Darum hatten sie Irina gefunden. Um ihm das wieder klarzumachen. Um ihn mit der Nase darauf zu stoßen. Darum war sie nun endgültig tot. So war das. So, Punkt.

ER LAG hingeknallt am Flussufer, die Sonne blinkte ihn heiß, pushte ihm Hitze in Hirn und Adern. Darm streckte alle viere von sich, schnarchte ein bisschen vor sich hin, hiefte sich dann hoch und unter die Bäume.

Wenn die Pappeln ihr Zittern auf mich fallen lassen, dachte er, wird mich das wahrscheinlich nicht erschlagen. Er hörte Jana kommen und blickte hoch. Sie radelte heran, rief etwas, was Darm nicht verstand. Er hob die Kamera und filmte Jana, wie sie vom Rad stieg, und dann in den Himmel und dann wieder ihr entgegen. Sie stellte sich vor ihn hin, runzelte die Stirn. »Nanu? Kamera? Das hatten wir doch schon. Ich mag das nicht. Das weißt du doch! Lass sie verschwinden!«

Er schaute sie an, und sie sah, wie leer seine Augen waren und dass er nichts dachte, nichts, und sofort wusste sie, es war etwas passiert, es war etwas geschehen, etwas Schlimmes.

»Was ...«, begann sie, aber er ließ sie nicht ausreden. Er sprang hoch, zog sie in seine Arme, tauchte seine Hände in ihre Shorts, krümmte seine Finger, kratzte mit seinen Nägeln ihre Haut entlang, fest, gewaltsam. Was soll ich ihr sagen, dachte er. Dass sie Irina gefunden haben nach drei Jahren, ihre Überreste, ihre Knochen? Sie weiß doch gar nicht, wer Irina ist. Wie soll ich ihr das alles erklären?

»Au«, sagte sie und machte sich von ihm frei. »Du tust mir weh!«

Er wandte sich ab, doch eine Schnepfe, dachte er, sie hat doch keine Ahnung von *wehtun*!

Er starrte, die Linse vor dem Auge, hinauf in die Sonne, die Bilder würden zugeknallt sein mit Licht, wieder zu nichts zu gebrauchen, blind, aber egal, wer wollte schon seine Bilder sehen!

»Was soll das?«

Ohne sich umzudrehen, wusste Darm, dass sie ihre Hände in die Hüften gestemmt hatte, dass sie bebte vor Zorn, vielleicht Tränen in den Augen hatte, nein, das wahrscheinlich nicht.

»Was soll was?«

»Was bist du plötzlich wieder so komisch?«

»Komisch?« Er lachte, wandte sich ihr zu. »Bin ich komisch? Na, dann lach doch!«

Sie kniff die Augen zusammen. »Musst du jetzt um jeden Preis beweisen, dass du ein Arschloch bist?«

Wow, dachte er, cool! Sie pariert aber ordentlich. Doch sofort wurde sie wieder weich. »Oliver, was ist los? Wieso benimmst du dich so blöd? Ich dachte, es sei alles klar zwischen uns. Ich dachte, es sei alles in Ordnung.«

Tränen?, dachte er, doch Tränen?

Er schaute sie aufmerksam an. Keine Tränen. Da legte er seine Hand auf ihr Gesicht, strich über ihre Augenbrauen, ihre Lider, und dann weinte sie doch und er spürte das Nasse auf seinen Fingerspitzen und dachte, Nordsee, wow, Wahnsinn, Nordsee auf meinen Fingern, auf ihren Wangen, kann ich drin untergehen, kann ich ertrinken?

Später, als sie ihn durch Tränenschlieren betrachtete, sah sie die Trauer an ihm und wie er langsam wegtauchen wollte.

Nein, dachte sie und spürte Panik. Nicht untergehen! Bleib, bleib bei mir! Ertrink mir nicht!

»Was macht dich so traurig?«, fragte sie und fühlte sich hilflos. »Warum bist du plötzlich wieder so?«

Er zuckte die Schultern. »Traurig? Bin ich traurig? Nein, bin nicht traurig.«

»He!«, sagte sie und knuffte ihn ein bisschen in die Seite. »Rede mit mir! Ich merke doch …«

Er unterbrach sie. »Es ist doch nie darum gegangen, glücklich zu sein«, sagte er. »Glück ist doch eine Erfindung des Zwanzigsten Jahrhunderts. Wenn du das willst, dann bist du falsch.«

Sie war sprachlos, staunte, vergaß augenblicklich, was sie eigentlich hatte sagen wollen, sagte stattdessen: »Was hast du für Gedanken!«, schüttelte den Kopf. »Was für Gedanken!«

»Ist doch so«, sagte er. »Zweite Hälfte Zwanzigstes Jahrhundert. Vielleicht noch später. Vielleicht erst letztes Drittel. Saufen, Ficken, Kohle, Glück.«

Wieder sagte sie: »Was hast du für Gedanken? Was denkst du denn nur?«

Er schaute sie an, aber seine Augen gingen durch sie

hindurch. »Meine Gedanken«, sagte er leise, »ja, hab ich halt.«

»Ja«, sagte sie, »schon klar. Hast sie halt.«

Sie schwiegen, warteten, wussten nicht, worauf. Kleines, süßes Janchen, dachte er und spürte ein leichtes Ziehen in seiner Magengrube, wie von einer Darmgrippe. Das machte ihn grinsen, ganz kurz nur, aber eben doch. Darmgrippe, dachte er, witzig! Sehr witzig!

Sie hatte sein Grinsen gesehen, schnappte empört nach Luft. »Was bin ich eigentlich für dich? Eine blöde Schnepfe, die dir hinterherläuft? Das muss ich nicht haben!«

Schon wieder spürte sie ein Schluchzen in der Kehle, schüttelte den Kopf, schüttelte es zurück. Bloß nicht heulen, dachte sie, nicht vor ihm, der nichts versteht, bloß seine blöden Wackelbilder!

Wütend griff sie nach der Kamera in seiner Hand, die war nun wieder auf ihr Gesicht gerichtet, auf ihre Augen, starrte in ihr Herz. Überrascht ließ er sie los. Sie drückte auf den Rücklauf, dann auf Löschen, dann auf OFF. »CUT!«, sagte sie. »Verdammt noch mal, CUT!! Kapierst du's nicht? Ich hasse das! Ich will das nicht!«

Er schaute sie an, ein bisschen Aufmerksamkeit im Blick, ein bisschen Wärme, sie freute sich sofort. »He«, sagte sie und strich ihm eine Haarsträhne aus dem Gesicht. »Bist ja doch noch da. Noch nicht ganz in deiner blöden Kamera!«

»Doch«, sagte er, »doch, bin ganz in meiner blöden Kamera. Und du auch, Jana, schöne, meine!«

Sie hörte den Spott und wusste, da war heute nichts mehr zu machen. Er hob die Kamera aufs Neue, schaltete sie ein, kam ihrem Gesicht nahe, zoomte sich noch näher, Augen, Nase, Mund, der kleine Eckzahn, der ein bisschen aus der Reihe tanzte.

»Krieg ich endlich eine Antwort?«

Ihre Stimme zitterte, sie räusperte sich und hielt den Atem ein wenig an. Sag was, dachte sie, sag doch was!

»Worauf?«, fragte er. »Worauf willst du eine Antwort? Was hast du mich gefragt? Hast du mich was gefragt?«

»Ja«, sagte sie. »Was ich für dich bin, hab ich gefragt. Was ich für dich bin, wollt ich wissen. Kannst du's mir vielleicht sagen? Geht das?«

Er schüttelte ein bisschen den Kopf, dachte, was will sie denn jetzt schon wieder?

»Wo ist Muskat?«, fragte er. »Hast du ihn weggeschickt?«

Jana schloss die Augen, kurz nur, Bruchteil einer Sekunde, alles in ihrem Inneren zog sich zusammen, spannte sich wie eine Feder. »Arschloch!«, sprang es aus ihr hervor. »Du blödes Arschloch! Fick dich ins Knie!«

Dann war sie weg samt ihrer Stimme, die Darm noch nie so zornig gehört hatte. Er zuckte mit den Schultern und legte sich zurück in die Sonne, zurück in die Wiese, zurück in den Wind. Muskat war nicht da, wo war er denn, sein starker, großer Muskat, sein Beschützer, sein *Der-niemanden-Einließ*. Wo bist du denn, Muskat? Bist du ihr auch auf den Leim gegangen? Der kleinen Braut mit dem großen Arsch?

Schöne Metapher, dachte er und grinste erneut, ich bin wirklich ein Arschloch! Er seufzte und dann wurde die Sonne länger und fester, und er spürte, wie er zu sprüngeln begann. In seinem Inneren. Tief. Zu sprüngeln.

Er spürte das Kalte noch, aber nicht mehr so fest, nicht mehr so tief. Was, wenn es schmolz, was, wenn es sich auflöste? Wohin mit all dem Schmerz, wohin mit Irina?

Wenn die Pappeln, dachte er, ihr Zittern auf mich fallen lassen, erschlägt es mich vielleicht doch. Er fühlte sich nicht getröstet, nahm die Kamera, filmte in die Höhe, krisselige Blätter in der Nähe, Vogelflug in der Ferne, Kondensstreifen und Muskat, der nicht kam.

Vielleicht, dachte er, sollte ich Jana doch von Irina erzählen, und vielleicht, dachte er, kann sie das Wunder vollbringen. Vielleicht, dachte er, ist sie die Prinzessin und bin ich der Frosch.

DU WEISST DOCH von deiner Mutter so gut wie nichts«, sagte Kurt etwas ungeduldig und drückte das Tabs in die Espressomaschine. »Lern sie doch endlich mal kennen. Sie war nicht immer so wie zum Schluss. Sie war …«

Er verstummte, schaute zu, wie die Kaffeetasse sich füllte. Als er die Tür ins Schloss fallen hörte, drehte er sich um und hatte eine kleine Erleichterung in den Augen.

Darm holte die Schachtel aus seinem Schrank. Monikas Schachtel. Die im untersten Fach stand, neben den Schuhen. In der ihre Briefe lagen, ihre Fotos, Zeugnisse einer Unbeschwertheit, die er fast vergessen hatte. Wow, dachte er und strich mit dem Finger über die Gesichter, die ihm so fremd schienen, so lange her. Wow, dachte er, wir haben gelacht! Kann das wahr sein? Sind das wirklich wir?

Langsam setzte er sich auf sein Bett, schaute Fotos an, begann zu grinsen, erinnerte sich. Es war lange her. Mehr als drei, vier Jahre. Danach gab es nichts, keine Fotos, keine Zettelchen, nichts. Nachdem Irina verschwunden war, hatte Monika aufgehört zu fotografieren, zu sammeln, da war nichts mehr festgehalten, nichts mehr dokumentiert, lediglich Irinas Fortsein saß prall in den nicht vorhandenen Fotos in dieser Schachtel.

Darm stellte die Schachtel auf den Boden, sanft, vorsichtig. Dann kippelte er sie an, sachte am Anfang, dann aber immer zorniger, schließlich landete sie an der Wand und alles, was in ihr gelegen hatte in fein zementierter Ordnung und Richtigkeit, wirbelte durcheinander auf den Boden.

Knöpfe und Murmeln verrollten sich rasch in alle Ecken des Zimmers, Muscheln und kleine knorrige Äste, geborgen wohl aus dem Uferdickicht des Flusses, getrocknet und aufbewahrt für die Ewigkeit. Fotos und Briefe kamen zum Vorschein, die Darm noch nie gesehen hatte, die aus einer Zeit zu stammen schienen, die lange vor seiner, vor Darms, Zeit lag. Er erkannte seine Mutter, jung, unbeschwert, von einer Leichtigkeit, die Darm erstaunte und überraschte und zugleich schrecklich traurig machte.

Dann lose Blätter, dicht beschrieben, Darm begann zu lesen, widerstrebend am Anfang, später gebannt, fasziniert.

Skizzen einer Liebe, eine fremde Welt. Ein Bogen spannte sich auf voll heiteren Lebens. *Ach Bert, mein Bert,* hatte Monika geschrieben und Darm sah sie vor sich, lachend, strahlend, wie Irina musste sie wohl gewesen sein, *mein kluger Bert, machen wir's heut im siebenten Himmel?*

HIMMEL NOCH MAL!«, sagte Hoffmann, strich Jana über den Kopf und winkte gleichzeitig Milli herbei. »Musst du alles so bierernst nehmen? Sei doch ein bisschen locker. Du bist doch jung! Milli, bring mir noch eins!«

Jana schluckte. Was bist du für ein Idiot, Idiot Hoffmann, dachte sie und schluckte ihre Tränen fort.

»Papa«, sagte sie. »Das geht so nicht weiter. Sitzt hier und säufst Tag für Tag. Wenn du damit nicht aufhörst, werfen sie dich noch aus der Schule.«

»Ja«, sagte er, »das kann schon sein. Sei doch froh. Dann habt ihr eure Ruhe.« Er lachte. »Du und der kleine Darm.«

Sie schüttelte den Kopf, wollte gehen, tat es auch. Er rief ihr hinterher. »Du und der kleine Darm, was wird das denn?«

Sie antwortete nicht mehr, knallte die Tür zu.

Er seufzte. »Ach, Jana«, mümmelte er vor sich hin, »sei doch nicht beleidigt. Der Darm, der ist doch nichts für dich. Der ist doch wie die Monika. Der nimmt dich und saugt dich weg wie nichts und dann ...«, er lachte, »dann liegst du da wie ein zerkauter Strohhalm.«

Er verstummte, kicherte ein bisschen. Nun war es gesagt. Nun endlich. Dass er und Monika ... vor ewigen Zeiten, dass er dann wie ein Strohhalm ...

»Na, du weißt schon«, sagte er und stieß Milli ein bisschen in die Rippen. Er kicherte. »Na, du weißt schon, dass ich und Monika, die schöne Monika, weißt du's noch?«

Milli strich ihm übers Haar, lächelte milde, nickte. Ja, das wusste sie noch, der junge Hoffmann mit der jungen Monika ...

»Eigentlich war sie ein Aas«, lamentierte Hoffmann weiter.

Er schüttelte den Kopf und seufzte. Aber ein wunderbares, denn alles an ihm hatte zu vibrieren begonnen, wenn sie Hand an ihn gelegt hatte. Sie hatte sich angeschmiegt wie später keine mehr, ihre Lippen waren weich gewesen und hungrig, ihre Zunge hatte seine Zähne liebkost, seinen Gaumen, zwei jungfräuliche Pflanzen waren sie gewesen, kühl und grün. Dass sie von einem Tag auf den anderen einfach gegangen war, hatte er nie verstanden, wohl auch nie verziehen.

»Wie geht es Monika?«, hatte er anfangs manchmal gefragt, wenn Kurt sich für einen Augenblick zu ihm gesetzt hatte. »Was macht sie so? Ist sie zur Bühne gegangen, müsste man sie aus der Zeitung kennen?«

Aber Kurt war einsilbig, Monika keine Möbelpolitur und auch kein Kochrezept, also interessierte sie ihn nicht wirklich und Hoffmann erfuhr nichts und irgendwann verschwand sie in seiner Erinnerung.

Im Lauf der Jahre waren Kurt und Hoffmann so etwas wie Freunde geworden, vereint im Schmerz der einsamen Nächte, denn auch Kurt hatte seine Bestimmung nur in seinen Möbeln gefunden, nie an einem menschlichen Körper.

Kurt kam, zapfte sich ein Bier und setzte sich zu Hoffmann.

»Monika also tot und ich Idiot Hoffmann«, lallte

Hoffmann. »So endet die größte Liebe seit Romeo und Julia.«

Kurt nickte, starrte ins Leere, schien etwas zu überlegen. »Ja«, sagte er, »so ist das wohl. Aber das ist ja nicht neu. Aber vielleicht sollte man dir doch mal …«

Er stockte, schaute Hoffmann nachdenklich an, der blickte hoch. »Was?«, sagte er. »Was sollte man mir mal?«

Kurt schüttelte den Kopf. »Ach nichts. Ein andermal.«

Hoffmann nickte und fiel in ein Schweigen, kam an, wo er immer ankam, Tag für Tag. »Niemand weiß, dass ich weiß«, kicherte er, »dass ich Idiot Hoffmann heiß! Und niemand weiß, wie beschissen recht sie haben.«

Dann sackte er in sich zusammen. Er starrte den Boden an, starrte Kurt an, erhob sich schließlich. »Ich muss nach Hause«, sagte er und war ein bisschen stolz, weil er noch stehen konnte. Kurt nickte. »Auch das nicht neu«, sagte er, »alles nicht neu«, seufzte, folgte Hoffmann zum Auto und manövrierte ihn auf den Beifahrersitz.

Darm bog um die Ecke. »Was gibt's zu essen?«

»Suppe«, sagte Kurt.

Darm rümpfte die Nase. »Bin ich ein Baby, dass ich keine feste Nahrung zu mir nehmen darf?«

Kurt zuckte die Schultern. »Ich muss Ingbert nach Hause bringen«, sagte er. »Koch dir selbst was.«

»Ingbert?«, fragte Darm. »Wer ist Ingbert?«

»Na, Hoffmann«, sagte Kurt und schüttelte ein bisschen den Kopf. »Dein Lehrer. Was weißt du denn eigentlich noch alles nicht?«

Ingbert, dachte Darm und musste grinsen. INGBERT!

Dann kicherte er los, kicherte und krächzte, und dann begann er zu lachen, tief und fest, wie eine Befreiung war das, es wieherte nur so aus ihm heraus. Kurt stand und starrte ihn an wie einen Geist, nahm ihn schließlich und schob ihn ins Haus hinein.

»Spinnst du?«, fragte er und runzelte die Stirn. »Bist du noch dicht? Was ist denn los?«

»*Ingbert*! Er heißt *Ingbert*! Das ist fast wie *Darm*!«, jappte Darm und kriegte sich nicht mehr ein. Kurt konnte das nicht wissen, aber nur Hunde hießen *Ingbert* oder eben Idioten.

DARM STOPPELTE ins Zimmer mit vorsichtigen Tritten, tänzelte fast, musste immer noch kichern, das machte alles für winzige Augenblicke so leicht.

»Ingbert«, summte er vor sich hin, »Ingbert«, und alles war leicht und ohne Schatten, das Leben, die Liebe, sogar Irina, sogar Monika, und er fand es unsagbar komisch, dass er jetzt wusste, dass das *I* von *Idiot Hoffmann* für *Ingbert* stand.

»Du weißt wirklich nichts«, hatte Kurt kopfschüttelnd gesagt. »Wirklich gar nichts.«

»Ja, was denn«, hatte Darm gekichert, »was soll es denn noch zu wissen geben?«

Aber Kurt hatte geschwiegen. Er fahre jetzt den Ingbert nach Hause, der brauche etwas Ruhe, und er, Darm, solle sich wieder einkriegen.

Ruhe, dachte Darm verächtlich, ach was, die hat er reichlich, wenn er tot ist, der Ingbert. Wieder kicherte er los und ließ sich aufs Bett fallen, dreist wie ein aufgeplatzter Pfirsich.

Die Schachtel lag ihm im Weg, Monikas Schachtel, Monikas Leben, aber hatte Monikas Scheißleben ihm nicht immer im Weg gelegen?

Er winkelte seine Faust, ein gezielter Stoß und die Schachtel kreiselte davon, ein Tritt und sie flog durchs Zimmer.

Darm war in der Sekunde eingeschlafen, schlief wie ein Stein, erwachte, als die Sonne in sein Zimmer kam um sechs, und starrte in ihr Strahlen, das ihn halb blind machte, und wusste plötzlich mit einem Schlag, da war etwas gewesen, das hatte ihn irritiert, das hatte mit Hoffmann zu tun.

Darm dachte nach, aber da wollte nichts kommen, sich nichts festklicken im Hirn, nichts Bedeutsames, nichts Wichtiges und doch, es war etwas gewesen, etwas, was Kurt gesagt hatte.

Scheiße, dachte Darm, mein Hirn wie ein Sieb, Scheißalkohol, und ging zum Fenster und machte die Vorhänge zu. Kurz stürzte ihm die Sonne in die Augen und ins Hirn und dann gesellten sich Janas Augen dazu, die leuchteten mit der Sonne um die Wette, und dann waren es Irinas Augen und dann war es wie ein Urknall, wie eine Explosion, denn plötzlich …

Der Name! Es war der Name gewesen. Hoffmanns Vorname. Ingbert. Der hatte etwas ausgelöst, etwas Großes. Aber was?

Darm griff sich an den Kopf, zuckte zusammen unter dem Schmerz, der ihm plötzlich ins Hirn stach, presste die Augen, taumelte zum Bett.

Der Name, Ingbert, wo hatte er den schon gehört? *Ingbert, Ingbert,* klang das nicht wie …

Darm lag still, ganz still, während es in ihm dachte und dachte und sich langsam, langsam etwas hochquälte, eine Vermutung, ein Verdacht, klang das nicht wie …

Er suchte die Schachtel, Monikas Leben, wünschte sich, er hätte sie nicht aufbewahrt, wünschte sich, er hätte sie verbrannt.

Klang das nicht wie …

Das also nun Monikas Vermächtnis. Das also der Hintergrund und Kurt, dieser Schweinekurt, verflucht noch mal, mit seinem »Lern sie doch einfach mal kennen!«.

Ingbert – der Boden war übersät mit Monikas Leben. Muscheln, Steine, Fotos, Briefe, Zettel mit kleinen Zeichnungen, und dann, endlich, stach Darm der Name ins Hirn. Unbarmherzig. Nachdrücklich. *Ach Bert, mein Bert, mein kluger Bert, machen wir's heut im siebenten Himmel?*

DAS FAHRRAD landete im Kies, ein Stoß mit der Hand und schon lag es und dann ein Sprung, ein Tritt und es crashte ordentlich.

Darm hatte getan, was getan werden musste, und ging in die Klasse. Hoffmann, das Aas, verbreitete einen leicht säuerlichen Geruch nach Bier.

»Du bist spät«, sagte er, als Darm an ihm vorbeiging, hob die Augenbrauen und dachte, du kleiner Scheißer, du, du elender, kleiner Scheißer!

Darm zuckte die Schultern, ging an seinen Platz und setzte sich.

»Ist das alles?«, fragte Hoffmann. »Sonst nichts? Kommst eine halbe Stunde zu spät und findest es nicht der Mühe wert, auch nur eine Silbe zu deiner Entschuldigung zu sagen?«

Er kam heran. Darm rümpfte die Nase. »Sie riechen ein bisschen«, sagte er. »Wie meine Mutter zum Schluss«, und starrte Hoffmann ins Gesicht. Der hielt den Atem an und stockte für den Bruchteil einer Sekunde sein Hirn. Die Klasse tat es ihm gleich. Angespannte Stille. Dann Hoffmanns Donnern: »Raus! Auf der Stelle! Verschwinde!«

Darm nickte, stand auf, verließ den Raum. In seinem Rücken spürte er Janas Blick, der sich in ihn hineinbohrte, als suchte sie ihn zu verstehen, aber da gab es nichts zu verstehen. Hoffmann war ihr Vater und wahrscheinlich war er auch Irinas Vater, nein, sicher war er das.

Er knallte die Tür zu, ging hinaus zum Lehrerparkplatz und drosch noch einmal auf das Rad am Boden.

Als er endlich abließ und abhauen wollte, in die Stadt, unter die Erde, in irgendeine U-Bahn, hörte er die Stimme von Frau Voresberg. »He!«, schrie sie. »He!!«

Darm drehte sich um, sah, dass sie auf ihn zugelaufen kam. »Bist du verrückt!«, schrie sie. »Was soll denn das? Hast du sie noch alle?«

Darm steckte die Hände in die Hosentaschen, wippte vor und zurück, wartete auf sie. Endlich war sie da, ihr Gesicht rot vor Zorn.

»Also du hast sie doch nicht mehr alle!«, wiederholte sie und bückte sich zu dem Rad auf den Boden. »Das ist hinüber, das ist dir doch wohl klar. Und dass dich das teuer zu stehen kommen wird, hoffentlich auch.«

Darm zuckte die Schultern. »Und?«

Sie war fassungslos. »Und?! Ist das alles? Bist du noch ganz dicht?«

Sie starrten sich in die Augen. »Das hier wird eine Anzeige geben, Freundchen! Das ist Sachbeschädigung!«

Wieder zuckte Darm die Schultern. Was ging ihn diese Tusse an mit ihrer blöden Fassungslosigkeit!

»Ist dir das gleichgültig? Ist dir das wirklich vollkommen gleichgültig?« Sie schüttelte den Kopf. »Warum machst du nur Ärger? Dein Onkel tut doch wohl wirklich …«

Darm grinste und dachte daran, dass er in den letzten Nächten manchmal ihre Stimme aus Kurts Schlafzimmer gehört hatte, atemloses Lachen und Flüstern.

»He!«, sagte sie und ihre Stimme wurde weich. »Oliver. Was ist denn los? Kann ich dir helfen? Sag doch!«

Da lachte er verächtlich. »Helfen Sie sich selber«, sagte er, »und dem Kurt, wenn's sein muss!«

Sie wurde rot, auf der Stelle und zur Gänze. »Lecken Sie mich doch am Arsch!«, sagte er, drehte sich um. Aber da hielt sie ihn, stürzte sich auf ihn, hielt ihn am Arm.

»Nein!«, sagte sie und ihre Stimme klang fest und ganz ruhig. »So nicht! Läufst du jetzt Amok, oder was? So geht das aber nicht. So redest du nicht mit mir.«

Er verdrehte die Augen. Scheiße, dachte er, nichts wie Ärger. Soll mich doch in Ruhe lassen, diese Ziege. Kurt, du Depp, verknallst dich ein ganzes Leben nicht und dann ausgerechnet in diese Tante!

»Na gut!«, sagte sie kalt. »Wie du meinst. Das wird einen Verweis geben! Möglicherweise eine Suspendierung!«

Er staunte ein bisschen, hatte ihr das nicht zugetraut, nicht Frau Voresberg mit den langen Beinen und dem schönen Arsch. Langsam hob er seine Kamera, hielt ihr das Objektiv vors Gesicht, zoomte sich an ihre Augen heran, ihr eines Lid hing ein bisschen, dann an ihre Nase – da hatte sie einen winzigen Pickel. »Ihr eines Lid hängt ein bisschen«, sagte er, »und da haben Sie was«, sagte er, »auf Ihrer Nase. So was wie einen Pickel. Eine Eiterbeule. Gar nicht mal so klein.«

Da knallte sie ihm eine. Hieb ihm ihre Hand mitten ins Gesicht. Und da staunte er und hatte ihr das noch weit weniger zugetraut. Wow, dachte er, hat die mir doch tatsächlich eine geknallt. Na ja, dachte er, dann machen wir halt CUT, und ließ die Kamera sinken.

»Gratuliere. Da haben Sie ja wohl jetzt noch eine große Karriere vor sich.«

Sie schwieg, und er merkte, dass sie immer noch den Atem anhielt und dass ihr Gesicht ganz fahl geworden war. Was soll's, dachte er, hat sie halt zugedroschen. Ist doch egal.

»Bis dann!«, sagte er. »Ich geh jetzt. Grüßen Sie Kurt. Und den Hoffmann. Sein Rad übrigens«, er stieß noch einmal mit aller Kraft dagegen, »ist tatsächlich hinüber. Da haben Sie völlig recht.«

Er tänzelte ein bisschen eine unsichtbare Linie entlang und fühlte eine winzige Euphorie – genau, das war es, eine Linie, eine unsichtbare Linie und dann: sich besaufen, bis man nichts mehr wusste, und Weiber aufreißen, Weiber, scharfe Weiber, die sollten Ärsche haben wie Frau Voresberg und Augen wie Jana. Er lachte laut, drehte sich noch einmal um, streckte den Mittelfinger in die Höhe.

Sie stand, wo sie stand, Frau Voresberg, ein bisschen zerstört, ein bisschen ohne Faden, dann hob sie das Rad, das, was von ihm übrig war, schaute es an und dann floss ihr Zorn.

»Scheiße!«, stieß sie hervor. »Verdammte Scheiße!«, und knallte das Rad zurück auf den Boden. Dann drehte sie sich um, schaute hinauf zu den Fenstern im zweiten Stock. Da stand Hoffmann. Der hatte die Stunde souverän zu Ende gebracht.

WAS?«, ächzte Darm und verdrehte die Augen. »Wahas?«

»Kannst du eigentlich noch normal mit mir reden?«, ächzte Kurt zurück. »Und wäre es auch möglich, dass du dich wieder einmal normal benimmst? Ganz normal? Das ging doch schon ganz gut!«

Er rührte wütend im Hühnchenragout, das ihm schon zweimal angebrannt war, zuerst hatte die Voresberg angerufen und dann hatte er sich auf die Suche nach Darm begeben und ihn mit Grabesmiene in die Küche zitiert.

»Tja«, sagte Darm, »*bad situation*! Ist nix normal!«,

drehte sich zum Fenster, schaute hinaus auf die Straße, die ins Nichts führte, und da musste er grinsen und sagte: »Kurt, du lebst doch auch im Nirvana!«

»Ja«, sagte Kurt, »und du hast sie nicht mehr alle. Zerdepperst dem Hoffmann das Fahrrad, bringst die Voresberg dazu, dir eine zu knallen, riskierst, dass sie dich aus der Schule werfen. Was kommt als Nächstes?«

Er schüttelte den Kopf. »Sie ist tot, Oliver. Ist es das? Weil sie tot ist?«

Oliver, dachte Darm, Oliver gibt's doch gar nicht mehr. Den hat doch die Irina mit ins Wasser genommen, die blöde Kuh, und starrte hinaus auf die Straße und die war saulang und sauleer und führte ins Nichts und das erinnerte ihn sauklar an sein eigenes Leben.

»Du musst es gut sein lassen, Oliver!«, sagte Kurt leise und kam näher, streckte seine Arme aus, aber Darm wich zurück. »Alles klar«, sagte Kurt und blieb stehen. »Schon gut. Du hast alle Zeit der Welt. Aber irgendwann ...« Er stockte.

»Ich weiß«, flüsterte Darm, »ich weiß. Irgendwann ist auch die zu Ende.«

»Nein«, sagte Kurt und seine Stimme klang weich und ein bisschen bitter. »Nein, so ist das nicht. Lass uns ein Bier trinken. Komm!«

Er schaltete den Herd aus, zog den Topf von der Platte.

Ja, dachte Darm, wenn es so einfach wäre. »Nein«, sagte er. »Kein Bier. Kein Ziel, kein Garnichts.«

Kurt zuckte die Schultern und ging. Draußen kam Hoffmann angeradelt. Ich knack ihn, dachte Darm plötzlich und spürte ein Stechen, ein Brennen. Ich knack den und dann hat *er* den Schmerz und *ich* meine Ruh!

SEIT STUNDEN saßen Kurt und Hoffmann in Millis Kneipe und betranken sich, palaverten über Gott und die Welt und das Leben und Hoffmann schwärmte vom phänomenalen Unterbau der Voresberg und dass ihr den erst einmal eine nachmachen sollte in ihrem Alter, und dann winkten sie Milli wieder herbei und Milli nickte Darm zu, der versteckt in der Wirtsküche vor einem Glas Wasser saß.

»Dein Neffe«, hatte Hoffmann vor Ewigkeiten gesagt, »Monikas Balg, also das wird ein schlechtes Ende nehmen.«

Anschließend hatte er den Rest der Preiselbeersoße von seinem Teller getunkt, ihn von sich geschoben, sich zurückgelehnt, einen Augenblick genossen und dann einen Klaren gekippt. Andächtig, mit geschlossenen Augen, verharrte er, als lausche er dem Destillat hinterher, dann nickte er. »Milli! Absolute Klasse! Noch einen!«

»Es ist, wie es ist«, sagte Kurt. »Milli, mir auch einen Klaren!«

Sie tranken ein bisschen hin und her, und Milli schaute von einem zum anderen, schüttelte unmerklich den Kopf und ging in die Küche, in der Darm mittlerweile das Geschirr polierte und in die Schränke räumte.

»Willst du nicht mal ins Bett gehen«, sagte sie und tupfte ihn ein bisschen an die Schultern. »Es ist doch schon spät, Junge.«

Aber Darm schüttelte den Kopf, schaute in den Glibber des Geschirrspülmittels, das im Becken hochschwappte, als er die letzte Pfanne darin verschwinden ließ. Ich knack den, dachte er wieder, ja, ich knack den, und er tauchte seine Hände in das Wasser, das sich heiß und gut um ihn schloss wie seine Gedanken um Hoffmann.

Milli seufzte. »Also gut. Wie du meinst.«

Allmählich leerte sich die Gaststube, Ruhe kehrte ein, und Darm, verborgen in der Küche, wartete. Geduldig. Ruhig. Als wüsste er genau, was zu tun war. Dabei wusste er nichts.

Hoffmann hing über dem Tresen wie ein zäher Strudelteig, dem nichts mehr recht zu machen war. Milli war längst zu Bett gegangen und hatte Kurt die Herrschaft über das Lokal übertragen.

Aber auch Kurt war nicht wirklich ansprechbar, seit Tagen nicht. Es musste etwas Neues in sein Leben getreten sein, eine Frau vielleicht oder ein Mann oder ein Hund, man wusste es nicht, eine Liebe jedenfalls, und dieses Neue machte den Kurt abwesend, machte ihn ein bisschen flatternd, ein bisschen durch den Wind.

Er stand auf. »Ich geh schlafen«, sagte er. »Mach nicht mehr zu lang. Sperr von außen zu. Bring den Schlüssel morgen mit.«

Hoffmann nickte, dann schüttelte er den Kopf, dann nickte er wieder und alles das ein bisschen hin und her, wie ein Wackelhund hinter der Heckscheibe eines Autos, wickel, wackel, wuckel, und dann schlief er ein. Und dann hatte Darm seinen Auftritt.

Stand plötzlich vor Hoffmann, stieß ihn in die Rippen. Hoffmann schreckte hoch, sagte »Au!«, starrte Darm an wie eine Erscheinung, schüttelte den Kopf und sagte noch einmal: »Au!«, und »Scheiße noch mal! Du schon wieder! Was willst du denn ständig von mir?!«

Aber das wusste Darm, wie gesagt, selbst noch nicht so genau. »Sie sind ziemlich daneben, was«, sagte er und stieß Hoffmann erneut in die Seite und fühlte plötzlich eine Wut in sich steigen, einen Zorn, der ließ ihn Luft holen, so tief, dass er an die Enden der Lungenflügel stieß, der machte ihn schreien und toben.

Hoffmann taumelte zurück. »Ach, lass mich doch zufrieden! Wieso geht denn das nicht? Was willst du denn von mir, du kleiner Scheißer! Du Darm, du!«

Wieder atmete Darm tief durch und spürte plötzlich, dass sich eine Ruhe in ihm ausbreitete, spürte, wie sie bis in seine Zehen kroch und in die Spitzen seiner Finger. Gut, dachte er und schloss für eine Sekunde die Augen, dann haben wir das jetzt auch, dann ist das jetzt alles ein Kinderspiel. Er drehte sich um, griff sich ein paar Schnapsflaschen aus den Regalen, schraubte sie auf, kippte die Schnäpse in ein Wasserglas, stellte es Hoffmann hin. »Hier«, sagte er. »Prost!«

Hoffmann starrte ihn an, ungläubig, Spannung lag in der Luft und darüber hing der Schnaps. Hoffmann hangelte nach dem Glas, wusste, es war ein Fehler, aber hangelte danach. Vorsichtig schloss er seine Finger darum. Es fühlte sich gut an, kühl und glatt und scharf zog der Hochprozentige ihm in Nase und Hirn.

»Wie spät ist es?«, fragte er und wartete gespannt auf Darms Antwort, als wäre dann alles gut.

Darm zuckte die Schultern. »Keine Ahnung. Spät.«

Und es war spät, es war sauspät, das wussten beide, und beide wussten auch, es würde zu einer Entscheidung kommen, zu welcher auch immer, Punkt zwölf, high noon.

»Ich weiß nicht«, begann Hoffmann, »was soll denn das sein, das mit dir und Jana, du weißt, ich seh das nicht gern, nein, eigentlich verbiete ich das jetzt einfach, dass du und Jana ...«

Darm lachte verächtlich. »Sie können mir nichts verbieten.«

Hoffmann klappte den Mund zu. Irritiert. Abgeschnitten. Ja, es war wohl so, wie der Scheißer Darm das sagte, es gab nichts zu verbieten, das Leben hatte seine Fäden gelegt und nun war es an ihm, Hoffmann, darüber zu stolpern, und der Schnaps, der da vor ihm stand und schon zu einem Gutteil in seinem Hirn saß, das kleine Schnapsmännchen, das hin und her sprang, vielleicht machte all das es leichter und weicher, das Fallen in die Fallen seiner verfluchten Existenz.

»Unterbrich mich nicht einfach«, lallte er und schaute das Bürschchen, das da vor ihm stand, herausfordernd an, »hat dir deine Mutter keine Manieren beigebracht?«

Darm lachte. Abfällig. »Ja«, sagte er, »meine Mutter. Die hatte selber keine Manieren. Die konnte nichts besonders gut. Die konnte wahrscheinlich nur vögeln. Aber das wissen Sie besser als ich!«

Hoffmann versteinerte. »Was?«

Darm schwieg, starrte Hoffmann an, und Hoffmann merkte langsam, dass etwas Außergewöhnliches im Gange war, etwas, das er nicht mehr steuern konnte, etwas, das ihn an den Rand bringen würde.

»Hier«, sagte Darm und schob Hoffmann das Glas endgültig hin.

Hoffmann riss seine Augen von Darms Gesicht und sah, dass der Schnaps ein wenig überschwappte auf seine Finger, und das war wie ein Zeichen. Er schaute die Finger an, wie sie nass glänzten, schaute Darm an, dessen Körper vor Spannung vibrierte. Dann schob Hoffmann die Finger in den Mund, spürte die Schärfe auf Zunge und Gaumen, schluckte, fasste endlich das Glas, hob es an seine Lippen, trank es in einem Zug leer.

Dann kippte er um. Ein Ächzen. Ein Stöhnen. War weg. Wie ein Baum, in den die Axt geglitten war.

Plötzlich war es ganz still. Darm stand an den Tresen gelehnt. Schaute nach Hoffmann, dachte, scheiße, was, wenn er stirbt, was, wenn er schon gestorben ist, dann hab ich noch einen an der Backe, dann kann ich mir eigentlich nur noch die Kugel geben. Als er die Angst spürte und seinen Schmerz, wurde er auf einmal ganz klar, wie der Mond draußen über der Stadt, eine gelbe Scheibe, gelb und fest und groß, fast eine Sonne, aber doch nur der Mond, und dann rührte Hoffmann sich, nicht viel zwar, aber immerhin.

Darm nahm das Glas in die Hand, Hoffmanns Glas, ein paar letzte Tropfen darin. Er schnüffelte, die Schärfe stieg ihm in die Nase. Er ließ das Glas fallen, es klirrte auf den Boden, zerbrach nicht. Darm stieg darüber hinweg, trat ans Fenster, starrte in den Mond.

Plötzlich hatte Darm Jana vor den Augen, und ihm fiel wieder ein, was sie zuletzt zu ihm gesagt hatte, draußen in den Wasserwiesen, dass er ein blödes Arschloch sei und sich ins Knie ficken solle. Unwillkürlich musste er grinsen, weil er ihr diese deftige Ausdrucksweise niemals zugetraut hätte, und er begann sich zu sehnen nach ihren Armen, ihren Beinen und allem, was dazwischen war und rundherum. Immer, wenn er mit ihr schlief, wurde er rasend schnell und immer sagte sie: »He, he, he! Wir haben Zeit. Du musst nicht rennen.« Aber nie war Darm sich sicher, ob das stimmte, und immer hielt er inne und fragte: »Nein? Müssen wir nicht?«, und erst wenn sie den Kopf schüttelte, ließ er sich fallen neben sie und dann kicherten sie los, wie zwei Schmalspurteenies, wie zwei Restposten, die irgendjemand irgendwo vergessen hatte. Beim zweiten Anlauf dann, wenn er schon wieder jappte wie ein junger Hund, dem das Wasser bis an den Hals reichte, strich Jana ihm die Panik aus den Gliedern.

Hoffmann rührte sich erneut. Röchelte. Grunzte. Darm drehte sich um, bückte sich, betrachtete ihn. Schließlich holte er sein Handy aus der Hosentasche. »Muskat«, sagte er, als der sich meldete, »Muskat, ich brauch dich.«

ENDLICH setzte Regen ein, ein Rauschen, ein Strömen in gleichmäßigen Wogen, das Gewitter entfernte sich, rollte weiter, nur der Regen blieb, sein sanftes Geräusch, vom Sturm gelöst. Seit Ewigkeiten fuhren sie durch die Nacht, diese Scheißnacht, die kein Ende nehmen wollte. Darm auf dem Beifahrersitz fröstelte, die Nächte waren schon kühl, brachten den Herbst näher, sie hatten die Fenster herunter- und die Heizung auf vollen Anschlag hochgedreht.

»Wie lange noch?«, fragte Muskat und warf einen kurzen Blick auf die Rückbank, auf der Hoffmann lag und neben unangenehmen Geräuschen auch unangenehme Gerüche verbreitete.

Darm zuckte die Schultern. »Eine Stunde etwa.«

Muskat nickte, wandte seine Aufmerksamkeit wieder der Straße zu. Man würde sehen, was kam. Er hatte schon geschlafen, als das Handy läutete und Darm ihm sagte, dass er kommen müsse. Auf der Stelle. Er hatte nichts gefragt, sich angezogen, war aus dem Haus geschlichen und zu Millis Kneipe geeilt. Darm stand unbewegten Gesichts in der Tür und schleuste ihn zur Theke, und da lag einer am Boden, so unbewegt wie Darms Gesicht, so still wie die Nacht, aus der Muskat gekommen war.

»Ist er tot?«, hatte er gefragt und sich gewundert, dass er nicht erschrocken war über seine Frage, als sei es ganz normal gewesen zu fragen: Ist er tot?

Darm schüttelte den Kopf, meinte, nein, das sei nicht möglich, er sei nur völlig im Suff, der Hoffmann, der Arsch, und dass man ihn nicht hier liegen lassen könne.

»Was?«, fragte Muskat. »Hoffmann?«

Er kniff seine Augen zusammen, ging in die Knie, schaute ein bisschen genauer und tatsächlich, es war Hoffmann, der da lag, gefallen wie ein kaputter Winkel oder eine ungerade Gleichung, Muskat musste ein bisschen grinsen, als ihm das so einfiel.

»Scheiße!« Er schaute Darm an. »Was ist passiert?«

Darm zuckte die Schultern. »Zu viel gesoffen. Schaffen wir ihn raus.«

»Wohin?«

Wieder Schulterzucken. »Weiß nicht.«

»Jana anrufen?«

»Nein.«

Okay, dachte Muskat, nicht Jana anrufen. Also nicht. Was dann?

»Was dann?«

Darm drehte sich weg, fixierte den Mond vor dem Fenster, dachte, Arschgesicht, was schaust du so gelb, wandte sich zurück, sagte: »Wir bringen ihn zu Irina.«

Diesmal erschrak Muskat. Ein bisschen nur, aber immerhin. »Zu Irina? Wie soll das denn gehen?«

Darm versuchte ein Grinsen. »He«, sagte er, »Alter! Ich bin nicht durchgeknallt. Zumindest noch nicht ganz, mach dir also nicht ins Hemd. Ich erklär dir alles auf der Fahrt.«

»Auf der Fahrt?«

»Ja«, sagte Darm, schnappte sich Millis Autoschlüssel aus der Lade unter der Espressomaschine, warf ihn hoch, fing ihn wieder auf, »auf der Fahrt.«

»Na gut«, sagte Muskat und zuckte die Schultern, »wenn du meinst. Du bist der Boss.«

Natürlich hatte Darm nichts erklärt, nicht vor der Fahrt, nicht währenddessen, aber Muskat hatte es auch nicht wirklich erwartet. Sie hatten Hoffmann hochgezerrt und ihn mühsam auf die Rückbank von Millis altem Volvo gehievt. Der stand vor der Tür, war nicht einmal versperrt gewesen. Dann fuhren sie in den Mond hinein, der ein bisschen gelb sein wollte wie die Sonne, aber doch nur der Mond war.

JANA TRÄUMTE. Vom Sommer. Von der Hitze. Von goldflirrenden Punkten auf der Spiegelfläche des Flusses und dass sie dahin kraulte in unglaublicher Geschwindigkeit von Ufer zu Ufer und dass plötzlich Darm neben ihr war und immer schneller wurde und an ihr vorbeizog und nicht auf sie wartete und dass sie ihm deshalb am liebsten eine geknallt hätte, was aber nicht ging, weil er eben nicht wartete. Dann knallte und krachte es in ihren Traum und sie schreckte hoch in den Blitz vor ihrem Fenster hinein, der war grell und groß und faserte weit über seine Ränder hinaus.

Jana stand auf, marschierte zum Fenster, die Bäume bogen sich im Sturm und wieder Donner und wieder Blitz, in rascher Abfolge, und kein Regen. Kein Regen.

Scheiße, dachte Jana, es sollte regnen und überhaupt, was war das für ein Idiotentraum, und wieder krachte es in ihre Gedanken hinein. Sie zuckte zusammen, holte sich die Decke aus dem Bett, wickelte sich darin ein und kauerte sich auf das Fensterbrett. Totenblass war Frau Voresberg ihr in der Mittagspause über den Weg gelaufen.

»Jana«, hatte sie gesagt, »das geht so nicht weiter. Da muss etwas geschehen.«

Jana hatte genickt, hatte nicht gewusst, was sie sagen sollte. »Ich hab ihm eine Ohrfeige verpasst«, hatte Frau Voresberg gemurmelt und in den Boden gestarrt, »stell dir das vor! Wie schrecklich! Eine Ohrfeige! Das ist mir noch nie passiert! Noch nie! Aber der hat mich so ... der hat mich so provoziert.«

Ja, hatte Jana gedacht und sich an den Streit in den Wasserwiesen erinnert, ich weiß. Dann hatte sie ihren Vater gesucht und nicht gefunden. Auch Darm nicht.

Oliver, dachte sie und zog die Decke enger um sich, während die Blitze über dem Garten zuckten, Oliver, du Idiot, wo bist du denn nur?

DARMS HANDY klingelte. Er schreckte hoch, holte es aus der Tasche, starrte das Display an. »Geh ran«, sagte Muskat und stieg ein bisschen auf die Bremsen. Darm schüttelte den Kopf.

»Wieso nicht?«, fragte Muskat.

»Es ist Jana«, sagte Darm.

»Und?«, fragte Muskat.

»Es ist Jana«, sagte Darm.

»Ja«, sagte Muskat, »hab ich gehört. Geh ran!«

»Nein«, sagte Darm, »ich kann da jetzt nicht rangehen. Es ist Jana.«

Er steckte das Handy wieder ein und ließ es einfach läuten. Dann starrte er dem Mond wieder ein bisschen ins Gesicht, der war nicht mehr gelb, der war ausgelaufen aus seiner Farbe, der hatte Flecken im Gesicht und unter den Augen, der war eine farblose Kopie seiner selbst.

Muskat starrte auf die Straße, während sie dahinzuckerten, und während sie dahinzuckerten, schnalzte Muskat ab und zu mit der Zunge und dachte, dass der wohl gerade durchknallte, der Darm, dass der wohl komplett am Abdrehen war.

Dass sie einmal ankommen würden, war klar. Wann das aber sein würde und wo, war nicht klar. Zumindest Muskat nicht. Darm schon. Zumindest hatte es den Anschein. Oder etwa nicht?

Muskat war sich nicht mehr sicher, gönnte sich einen vorsichtigen Seitenblick. Darm hing mit geschlossenen Augen auf dem Sitz, hingefläzt wie ein ausgelutschter Kaugummi. »Zu Irina«, hatte er gesagt. »Wir bringen ihn zu Irina.« Was sollte das heißen? Und wo würde das sein?

Irgendwo am Oberlauf des Flusses, den sie nun schon eine Weile entlangfuhren. Irgendwo dort, wo Irina verschwunden war. Muskat schüttelte den Kopf, wollte nicht daran denken, wollte diese Bilder nicht auf seine Netzhäute laden. Wollte endlich ankommen. Aber was dann?

Auf alle Fälle war morgen Samstag und niemand, wahrscheinlich wirklich niemand, würde Hoffmann vermissen, die arme Sau.

Ihn, Muskat, und Darm schon. Das Auto auch. Also würde er, Muskat, seinen Eltern und Kurt eine SMS schicken. Dass sie ein wenig versumpft waren in den Wasserwiesen, nicht ungewöhnlich, kam andauernd vor, und dass sie sich dann Millis Auto geborgt hatten für eine kleine Spritztour, auch das schon da gewesen, ob man es Milli ausrichten könne.

»He«, sagte Darm und stieß Muskat in die Hüfte. »He, bieg ab.«

Muskat nickte, bog ab. Die Straße, dachte er, führt ins Nimmermehr, und musste grinsen, führt an den Arsch der Welt.

Dann waren sie endlich da. Am Haus. Das immer noch stand. Was eigentlich logisch war, trotzdem war sich Darm nicht sicher gewesen. So, wie ihrer aller Leben zerfallen war, so hätte auch das Haus zerfallen können. Aber es stand, auf eigenartig schiefe Weise, wie es immer dagestanden hatte. Darm stieg aus, lehnte sich an das Auto und schaute das Haus an. Eine merkwürdige Rührung überfiel ihn.

»Das ist es«, sagte er und drehte sich zu Muskat. »Hier haben wir gelebt.«

»Schön«, sagte Muskat und spürte ein bisschen Darms Rührung und dann rührte sie ihn selber an. »Schön.«

»Ja«, sagte Darm, »eigentlich ja.«

»Gehört das alles noch euch hier?«, fragte Muskat, drehte sich um sich selbst und schaute in die heller werdende Helligkeit, die langsam durch die Bäume auf das Haus zukroch.

Darm schüttelte den Kopf. »Nein. Keine Ahnung, wem es gehört. Vielleicht Kurt.«

Er ging zur Haustür, die war von Hecken und Ginster umrankt, und er dachte daran, wie Monika den Ginster gepflanzt hatte und wie stolz sie darauf gewesen war. Jetzt hatte er die Tür völlig ungestört zugewuchert, seit Ewigkeiten war keiner hier gewesen. Darm packte die Ruten und riss sie nieder, bückte sich, griff in die hohle Stelle an der Schwelle und suchte den Schlüssel, den er dort selbst an jenem Tag, als er gemeinsam mit Kurt weggefahren war, hingelegt hatte. »Na, also«, sagte Darm triumphierend und hielt den Schlüssel hoch. »Alles noch da.«

Er steckte ihn ins Schlüsselloch, drehte ihn, drückte die Klinke, die Tür öffnete sich und er stand im alten Leben.

Muskat kam langsam heran, stellte sich neben Darm, der ein bisschen erstarrt schien. Ein Geruch nach Moder und Zerfall strömte aus der offenen Tür, seit jenen Tagen war hier wohl keiner gewesen. »He«, sagte Muskat, »alles in Ordnung?«, und berührte Darm an der Schulter.

Darm schaute Muskat an, sagte »Ja. Ja, klar«, drehte um und setzte sich auf die Bank, die klar und unversehrt an der Hausmauer stand.

»Er ist ihr Vater«, sagte er plötzlich und deutete auf das Auto.

Muskat hob die Augenbrauen. Ihr Vater? Was war das denn für eine Neuigkeit? Knallte er jetzt völlig durch, der Darm?

»Ja«, sagte er, »klar. Weiß ich doch. Weiß doch jeder.«

Darm schaute Muskat an, als habe er den Verstand verloren. »Echt? Weiß jeder? Hast du sie noch alle?«

Muskat nickte. »Also im Gegensatz zu dir bin ich mir da ziemlich sicher. Hoffmann ist Janas Vater. Weiß tatsächlich jeder.«

»Nein«, sagte Darm. »Weiß nicht jeder. Weiß keiner. Du kapierst es nicht.«

»Was gibt's da nicht zu kapieren?«

Muskat schüttelte den Kopf, während Darm ungeduldig mit seinen Armen durch die Luft fächelte. »Nein«, sagte er. »Nicht Janas Vater. Ich meine, auch. Aber nicht nur.«

Muskat schaute Darm verständnislos an, schüttelte den Kopf, zuckte mit den Schultern. »Was willst du damit sagen?«

Darm seufzte, blieb eine kurze Weile still. »Auch Irinas«, sagte er dann. »Er ist auch Irinas Vater.«

»Häh?«, machte Muskat. »Wie bitte?«

»Ja«, sagte Darm.

»Ach«, sagte Muskat und pfiff überrascht durch die Zähne. »Echt?«

»Echt«, sagte Darm.

Pause.

»Aber«, sagte Muskat endlich, »Irinas Vater? Wie soll das gehen?«

Darm wurde ungeduldig, zog seine Augenbrauen hoch, der kapierte nichts, der Muskat. »Wie, *wie soll das gehen*? Bist du jetzt komplett verblödet. Wie's halt immer geht!«

»He«, sagte Muskat und knuffte Darm in die Seite, »krieg dich ein! Wie kommst du darauf, dass der da Irinas Vater ist?«

Darm zuckte die Schultern. »Ich weiß es einfach. Du kannst mir glauben.« Er schaute Muskat in die Augen. Der schüttelte den Kopf, langsam, wie in Zeitlupe, immer wieder, und Darm sah, dass er noch Zeit brauchte, sich an den Gedanken zu gewöhnen.

»Na?«, sagte Darm schließlich. »Geht's wieder?«

»Irinas Vater? Das gibt's doch gar nicht!«, sagte Muskat.

Darm zuckte die Schultern. »Doch. Das gibt's.«

Wieder Schweigen. Und Kopfschütteln. Und Staunen.

Dann: »Weiß er es denn?«

»Nein«, sagte Darm, »glaub ich nicht.«

Wieder Stille.

Wow, dachte Muskat, gibt's doch gar nicht! Kann nicht sein! Und konnte nicht aufhören mit Kopfschütteln, wackelte hin und her wie der Hund auf der Autorückbank.

Dann kam ihm Jana in den Sinn, er schluckte schwer, räusperte sich. »Aber dann ist Jana ...«

»Ja«, sagte Darm, »dann ist Jana Irinas Schwester.«

»Und du?«

»Nein, ich nicht. Keine Schwester, kein Bruder, ich nicht.«

»Sicher?«

»Sicher. Mein Vater ist irgendwo in Amerika. Das weiß ich, das weiß der Kurt, das hab ich immer gewusst.«

Muskat nickte.

Darm seufzte, stand auf, ging zum Auto, öffnete die Tür zur Rückbank. Hoffmanns todesähnliches Schlafen war in ein leises Schnarchen übergegangen, er blies wie ein Dudelsack durch Nase und Mund, blies um sein Leben und wusste es nicht.

Darm fasste ihn unter die Achseln und zog ihn mit einem kräftigen Ruck von der Bank. Mit einem lauten Seufzen knallten seine Beine auf die Wiese. Unsanft ließ Darm ihn zur Gänze ins Gras fallen. Er wusste, der morgendliche Tau würde in Hoffmanns Kleidung kriechen, Schnecken würden ihn anknabbern und Spinnen ihn einspinnen in klebrige Fäden und später würde er Ping-Pong spielen müssen mit den Mücken, die ihn umschwirrten, und er, Darm, würde zusehen und alles geschehen lassen.

LASS UNS hineingehen«, sagte Muskat. »Zeig mir das Haus.«

Darm warf einen langen Blick auf Hoffmann. »Der

haut uns nicht ab«, sagte Muskat und hoffte im Innersten, dass er es doch tat. »Der hat noch lange nicht fertig geschlafen. Los! Komm!«

Die Feuchtigkeit im Haus roch nach Lange-Fortgewesensein, nach Nicht-mehr-Zurückkommen. In Darms Zimmer, auf Darms Bett lag immer noch Monikas Pullover.

Sie gingen in Irinas Zimmer. Alles war unverändert. Die verknitterte Decke, auf der Monika stundenlang gelegen hatte, die Vorhänge halb offen oder halb zu, je nachdem, wie man es sah.

»Sie ist wirklich nicht mehr da«, sagte Darm und staunte.

Er hatte nicht gewusst, dass man so sehr fort sein konnte, so sehr über alle Wipfel und Wolken. Er setzte sich auf das Bett, langsam, vorsichtig, strich die Decke glatt, hörte sich Muskats Schweigen an. Sie ist weg, dachte er und staunte. Er zog Irinas Foto aus der Hosentasche, das hatte die gleichen Knitter oder dieselben, er wusste nie, was richtig war. Vorsichtig strich er über ihr Gesicht und glaubte, ihre Haut zu spüren und dass sie nicht zu Ende gelebt hatte und dass …

»Ich habe dir noch nicht alles erzählt«, sagte Darm.

»Hab ich mir gedacht«, sagte Muskat.

»Es ist meine Schuld gewesen«, sagte Darm. »Ich bin schuld.«

Muskat schüttelte den Kopf, verzog das Gesicht. »Glaub ich nicht«, sagte er aufmunternd, »so einfach kann das nicht sein. So einfach ist das nie!«

»Doch«, sagte Darm und seine Stimme zerbröselte ein bisschen. »So einfach. Genau so.«

Wieder schaute er auf das Foto. Sie lächelte nicht, sie schaute in eine Welt, die Darm verborgen blieb, sie hatte Bilder vor sich, die ihr alleine gehörten, das war tröstlich, irgendwie.

»Sie wollte weg«, sagte Darm, »weg von diesem Scheißfluss, weg von uns.«

Er verstummte, dachte daran, dass er ihre Kraft gespürt hatte, eine unbändige, wunderbare Kraft, dass er gesehen hatte, dass sie fort *musste* aus der Enge dieses Flusstales, weg, hinaus in eine Welt, die auf sie wartete.

Von draußen drang Hoffmanns Stimme, er randalierte ein bisschen.

»Sie hatte …«

»Ja?«

… diese Kraft, die ihm, Darm, fehlte, und darum ging das nicht, dass sie ging, das ging einfach nicht und darum musste er etwas tun, darum musste er sie stoppen, darum …

Wieder Hoffmann von draußen, wie er stolperte und hinfiel und fluchte.

Darm sprang hoch, heraus aus seiner Erinnerung, stürzte durch die Tür.

Schade, dachte Muskat und rollte die Augen, schade! Was muss der Trottel auch so laut sein!

Hoffmann rutschte auf allen vieren im nassen Gras,

schwankte hoch, wollte ins Auto. Darm riss ihn herum, schaute ihm ins Gesicht, spürte den alten Zorn und dann … schoss seine Faust vor, mit einer Wucht, die ihn selbst erstaunte, endlich hinein in dieses Gesicht, in dieses Scheißgesicht, dem dieses verfluchte Vertraute anhing, dem er sich von Anfang an nicht hatte entziehen können, das ihn unruhig gemacht hatte und zittrig wie ein Raubtier, das zum Sprung angesetzt hatte. Als er den Widerstand spürte und ein Knacken und ein Winseln, da fühlte er endlich, dass es vorbei war, wenigstens für einen winzig kurzen Augenblick.

Hoffmann taumelte und stürzte und rollte sich herum, wollte sich schützen und tastete mit seinen Händen das Gesicht ab, die Nase, die Augen, er spuckte, gurgelte, gab seltsame Laute von sich.

Darm sah, wie ihm das Blut aus der Nase schoss oder aus dem Mund oder sonst woher, plötzlich war es da, dieses Blut, hellrot schimmernd sprudelte es wie ein Springbrunnen, wie eine unversiegbare Quelle.

Dann spürte Darm Muskat hinter sich und dass der ihn hielt und andauernd irgendetwas sagte. Doch Darm hatte noch nicht genug geschlagen, noch nicht genug getobt, noch nicht genug hinein in dieses Fleisch und auf diese Augen. Aber die glotzten so erschrocken und überrascht und da, endlich, fiel Darms Wut, fiel in sich zusammen.

Wie eine Luftburg. Wie ein Ascheblatt.

Er hob die Arme, ergab sich, sagte: »Okay! Muskat, okay. Lass mich. Kannst mich jetzt lassen.«

Und Muskat, mit zusammengekniffenen Augen und wachem Mund, ließ ihn los, langsam, auf dem Sprung.

Vom Boden kam Hoffmanns Stimme, nüchtern jetzt und außer Atem: »Bist du völlig …?«

»Ja«, sagte Darm, »völlig.« Dann taumelte er zurück, zur Bank vor dem Haus, und vergrub das Gesicht in den Händen.

Muskat reichte Hoffmann die Hände, wollte ihm hochhelfen, aber Hoffmann wehrte ab, traute dem Frieden nicht.

Er rutschte zum Auto, lehnte sich an den Vorderreifen, legte den Kopf zurück, schnüffelte das Blut hoch, hustete, zog sein T-Shirt über den Kopf und presste es an seine Nase.

»Geht es?«, fragte Muskat. »Alles okay?«

Hoffmann spuckte und schniefte, tippte sich an die Stirn, sagte: »Okay? Bist du noch dicht, Idiot?!«, und gab Laute von sich, die Muskat noch nie gehört hatte.

Scheiße, dachte er, jetzt ist er ziemlich alt geworden, der Hoffmann. Jetzt schauen wir alle ziemlich alt aus.

»Scheißkerle!«, ächzte Hoffmann. »Arschlöcher! Ich wusste ja, ihr seid Arschlöcher. Aber das hier? Das ist doch wohl …« Er schüttelte den Kopf. »Was soll dieser Mist!?«

Darm sprang hoch.

Hoffmann lachte mühsam. »Willst du noch mal? Du Scheißer! Ich zeig dich an! Du kommst mir nicht davon!«

»Nein«, sagte Darm und sank langsam zurück auf die Bank. »Nein. Jetzt ist Schluss!«

Und dann erzählte er. Und dann hörten sie zu. Muskat und Hoffmann.

IRINA HATTE Storchenbeine und den Himmel in den Augen, aber all das würde ihr nichts nützen.

Irina wollte fort.

Anfangs wusste das keiner. Irina wollte fort, fort aus der Au, fort von dieser Mutter, die sich entschieden hatte für den Fluss und die Bäume und das Rauschen und das grüne Licht am Morgen. Irina wollte das alles nicht mehr, nicht dieses Angekommensein in dieser merkwürdigen Heimat. Irina wollte die Welt sehen. Sich in der Welt. Stand wie ein Alien, Hände in den Hosentaschen, rotes T-Shirt. Das waberte um ihre dünnen Knochen. Monika kam, wollte reden, stellte Fragen. Oft. Und immer dringender. Erkannte ihre Tochter nicht mehr und vergaß darüber alles andere.

»Immer wieder dieses grauenvolle, ekelhafte Fressen«, erzählte Darm auf der Bank vor dem Haus, und Hoffmann und Muskat lauschten. »Sie vergaß einfach, unsere Mutter, vergaß einfach. Da verbrutzelte Fleisch stundenlang im Bratrohr, da kochten Nudeln im Wasser vor sich hin, elende, klebrige Mansche, um die sich keiner kümmerte, da verschimmelten Käse und Wurst im Kühlschrank.«

Das Leben war Irina immer leichtgefallen, alles war wie von selbst gegangen, die Dinge fielen ihr in den Schoß. Freunde, Schule, die Liebe, alles Peanuts, alles leicht abgetan, rasch durchgezogen und fortgelegt. So liefen die Jahre. Dann jener November und die Tage am Meer. Monika hatte ihre Kinder aus der Schule genommen und war losgefahren, einfach so, Irina war siebzehn und Darm ein Junge, der plötzlich ganz rasch ins Wachsen gekommen war. Sie nahm ihn überallhin mit, Irina den Darm, der damals noch Oliver war, sie mochte ihn gern und zeigte ihm, was sie schrieb, denn sie schrieb. Kleine Geschichten, Gedichte, was immer ihr in den Sinn kam. Ein bisschen merkwürdig im Tonfall, fand Darm, ein bisschen wie diese modernen Liebesgedichte, die sie in der Schule gelesen hatten.

Mein Träumen ist frei von Angst. Mich liebt das Leben, der Tag, seine Geräusche, die Nächte. Sie tapsen auf mich wie leichte Gespinste, wiesenfarbener Schaum. Merkwürdig.

Ja, dachte Darm, merkwürdig, eine merkwürdige Schwester hab ich, eine merkwürdige große Schwester. Und er musterte sie mit zärtlichem Blick, wusste das aber gar nicht, wusste gar nicht, was Zärtlichkeit war, spürte nur eine prickelnde Wärme, die ihn beruhigte, wenn sie da war, wenn sie neben ihm stand und ihre Arme um ihn legte.

Das Meer und der November, eine Nebelwelt, ein surreales Gespenst.

Weißt du noch, Irina, sagte Darm zu ihr in seinen Träumen, weißt du noch, damals am Meer, wir waren lautlos wie Steine. Ich habe die Tropfen gezählt, aber du sagtest, das geht nicht, es sind zu viele. Dann lachtest du, ein bisschen blechern, ein bisschen wie Rost, und wenn ich mich an dich lehnte, warst du kalt und nass vom Meer und das Meer … haben wir geliebt.

Darm wusste immer, dass er da begonnen hatte, Irinas Gang in die Emigration. Das Meer, der Ozean, war uferlos, so schien ihr, und da wollte sie hin, in diese Weite, in diese Kälte, in diese Sehnsucht. Spätestens am Meer war ihr das klar geworden, dass es Größeres gab als den Fluss und seine Ufer.

Und als sie zurückkehrten aus der Nebelwelt, blieb Irina ein bisschen dort, ihre Sehnsucht zumindest. Und begann darüber zu reden. Aber keiner wollte es hören, Darm am wenigsten.

»Ich geh weg«, sagte sie Abend für Abend zu Darm, der damals noch Oliver war, »ich geh weg, hörst du!«

Sie strichen die Flussufer entlang und die langen Gerten der Au-Sträucher griffen ihnen in die Haare.

»Ich geh weg! Weg! Weg! Weg!«

Sie drehte sich um und schaute den kleinen Bruder zärtlich an. »Aber du musst noch bleiben!«

Er schüttelte den Kopf, runzelte die Stirn, wischte alles fort, wollte nichts gehört haben.

»Quatsch«, sagte er, »du kannst nicht gehen. Wir leben doch hier. Wir gemeinsam.«

Und wandte sich ab, dem Fluss zu, seinem Lauf, den Sprüngen über die Steine.

Irina schwieg, ihr Blick war spröde, ein bisschen traurig.

Das Jahr ging dem Ende zu, Frost auf den Sträuchern in der Au, weiße Bauschgebilde, Klirreglas auf dem Fluss, der still lag wie im Schlaf, als hätte der Oberlauf sich ausgebremst in die Langsamkeit der Kälte hinein, die sich breitmachte über Tage, über Wochen und allem ihren weißen Atem einhauchte.

Wie ein junger Hund streunte Oliver durch diesen Winter, neugierig und voll Übermut. Er wusste noch nicht, dass es für ihn nur noch einen geben würde an den magischen Ufern dieses Flusses. Er wusste auch nicht, dass nicht Irina es sein würde, die ging, sondern er, Oliver, und dass sie aber, Irina, bleiben würde für immer. Ja. Wenn man so wollte, für immer.

WAS HAT das alles mit mir zu tun«, ächzte Hoffmann und hustete und nestelte eine Zigarette aus der Packung. »Häh? Arschloch! Was hab ich mit deiner Irina zu tun! Wer ist das überhaupt?«

Darm streifte ihn mit verächtlichem Blick. »Halt's Maul, Idiot. Ich sag dir schon, wann du dran bist.«

Hoffmann sprang auf, wollte auf Darm los, aber da war Muskat schon wieder zwischen ihnen.

»Deine Tochter ist tot«, sagte Darm, als sie alle wieder saßen, »deine Tochter ist tot!«, und stockte, räusperte sich, spürte, dass ihm die Kehle eng wurde, wartete, dass die anderen etwas sagten. Aber kein Ton. Stimme im Out, Gesicht entglitten.

Muskat fing sich als Erster. »Bist du verrückt, Mann? Das kannst du ihm doch nicht so ...«

Langsam schüttelte Darm den Kopf. »Nein? Warum nicht?«

Wieder Pause, zwei Sekunden, drei, Hoffmanns Gesicht wie ein ausgemergelter Pfannkuchen, dann endlich, atemlos, zitternd: »Jana!? Was ist mit Jana? Was hast du mit ihr gemacht?«

»Jana!?«

Darms Stimme kam wie ein überraschtes Krächzen. »Wer redet denn von Jana!«

Hoffmann schnellte wieder hoch, packte Darm am Pullover. »Du«, schrie er, »du redest von Jana. Du redest von meiner Tochter! Ich habe nur eine Tochter! Und das ist Jana! Also was machst du hier für wahnsinnige Scherze!«

Darm riss sich los, zuckte von ihm fort.

»Siehst du«, sagte er und grinste ein bisschen mühsam, »und das eben ist ein Irrtum und kein wahnsinniger Scherz. Aber mach dir nichts draus, ich weiß es auch noch nicht so lange.«

»Was? Was weißt du noch nicht so lange«, ächzte Hoffmann. »Wovon sprichst du die ganze Zeit? Was hat das alles hier mit mir zu tun? Warum habt ihr mich hierhergebracht?«

»Ja«, sagte Darm. »Das müssen wir jetzt wohl so richtig klären.«

Der Tag war nun da, endgültig, die Sonne griff in die Au, sprühte funkelndes Licht. Darm spürte Hunger, hatte Lust auf Kaffee und frische Brötchen, staunte im gleichen Augenblick über diese Anwandlung von Leben und Lebenslust, als wäre nichts geschehen, als wäre die Erinnerung nicht gerade erst scharf bezackt und schmerzend zurückgekehrt.

»Muskat wird's dir erklären«, sagte er und spürte plötzlich Mitleid, »zumindest den ersten Teil«, und spürte sich weich werden im Inneren und spürte, dass er floss.

HOFFMANN WAR ein bisschen zusammengeklappt, und Darm dachte, dass er wohl wirklich ein Waschlappen war, ein Jammerlappen, der nichts aushielt, keine Wahrheit, kein Garnichts.

Muskat hatte geredet, hatte erzählt, was er wusste, und das war ja nicht viel. Dann hatten sie das Foto ausgepackt und an Janas Augen erinnert und dann war Ingbert Hoffmann zusammengeklappt. Hatte geheult wie ein kleines Kind, hatte geschnieft und gerotzt, hatte nachgerechnet und festgestellt, dass es tatsächlich möglich sein konnte, war über Kurt hergezogen, das Aas, weil der ihm zwanzig Jahre lang eine Wahrheit verschwiegen habe, auf die er, Hoffmann, ein Anrecht gehabt hätte, hatte über dem Foto gelegen, hatte über Irinas Gesicht gestrichen und sich irgendwann mühsam beruhigt. Jetzt stand er am Rand der Lichtung und starrte in Richtung des Flusses, dessen Rauschen in sein Hirn drang wie eine kleine, sachte Droge und ihn beruhigte und sein Denken verlangsamte und seinen Blutdruck senkte in achtbare Tiefen.

Darm und Muskat saßen auf der Bank an der Hausmauer, die Sonne hatte sie angegriffen mit sanften Tatzen und sie hatten sich ihr überlassen und waren warm geworden. Hunger kam langsam, seit Stunden hatten sie nichts mehr gegessen, ein Graben und Rumoren in Magen und Därmen, sie sehnten sich nach Kurts Kaninchenkeulen, selbst Marillenknödel hätten es getan, auch eine Suppe oder ein Stück Brot, sogar Kaffee mit magerer Milch.

Irgendwann kam Hoffmann zu ihnen. »Monika wollte Schauspielerin werden. Berühmt werden. Darum ist sie weg. Und dann ist sie hier gestrandet? Nicht mehr als zwei Stunden von mir entfernt? Mit einem Kind? Meinem Kind. Das kann doch gar nicht wahr sein.«

Darm zuckte die Schultern, schwieg.

Hoffmann drehte sich wieder um, sah das erste Glitzern im Fluss, dachte an sein Leben, wie es verlaufen war, wie es anders hätte verlaufen können. Gerader. Oder noch schiefer. Wie auch immer. Anders.

Er lachte auf, bitter, zornig, dachte an die junge Monika, dass sie ihn hintergangen hatte, belogen, wenn man so wollte, dass sie ihm ein ganzes Leben vorenthalten hatte, grundlos, ohne Sinn und Verstand. Was für einen Preis, dachte er, was für einen hohen Preis hat sie aber bezahlt. Den höchsten.

Eine Tochter!

Noch eine. Eine, die er nie kennengelernt hatte. Deren Augen auf dem Bild ihm aber sagten, dass sie es gewesen war – seine Tochter, dass nur er ihr Vater hatte sein können. Er spürte das und dachte an sie, an dieses Mädchen, von dem er nie etwas gewusst hatte, nie, nichts, und von dem er jetzt nur wusste, dass es tot war. Tatsache war, dass es sie gegeben hatte, Irina, aber nicht für ihn, nicht für ihn, Hoffmann, und diese Tatsache brannte nun ein Loch in sein Herz und in sein Hirn und in seine Seele.

Was ist das, dachte er und spürte eine schreckliche Müdigkeit, wie nennt man das, was ich jetzt fühle? Schmerz? Trauer? Zorn? Alles zusammen? Und darf einer wie ich das überhaupt fühlen? Einer wie ich, der im Grunde nichts verloren hat, weil er doch nie …

Er wusste es nicht.

»Arschloch! Was für ein Arschloch!«

Er schüttelte den Kopf, immerzu, konnte nicht damit aufhören, holte Luft, tief, so tief es ging, und hatte doch das Gefühl, dass es nicht tief genug ging, dass er verbrannte, hilflos dem Wissen ausgeliefert, das ihn plötzlich umgab. »Verdammtes, verdammtes Arschloch!«

»He«, sagte Darm, »krieg dich wieder ein. Ich kann ja verstehen, dass du ein bisschen aufgewühlt bist, aber der Weltuntergang ist das hier nicht und ich bin nicht dein Privatarsch!«

Hoffmann winkte ab, müde, resigniert. »Ich hab nicht dich gemeint. Diesmal nicht. Ich hab Kurt gemeint.«

»Ach«, machte Darm. »Kurt. Ja, kann man verstehen.«

Das Handy läutete. Zum man wusste nicht mehr wievielten Male. Jana.

»Deine Tochter«, sagte Darm und hielt Hoffmann das Handy hin. »Deine andere Tochter.«

Da kippte es ihn wieder aus den Socken.

HOFFMANN hatte an den Fluss gewollt, hin zu der Stelle, an der Darm Irina zum letzten Mal gesehen hatte, und da waren sie nun, Hoffmann, Darm und Muskat, hatten sich durch das Unterholz geschlagen. Alles war zugewachsen, keiner schlug sich mehr regelmäßig durch, also waren die Pforten geschlossen, die Oliver und Irina vor mehr als tausend Tagen regelmäßig geöffnet hatten. Der Fluss war ein wenig in Aufruhr nach dem Gewitter der letzten Nacht, aber es war nicht bedenklich, man konnte ihm trauen. Zwar schäumte es am Wehr weiß und gischtend, zwar leckte das Wasser halb an der alten Mauer hoch, aber auch wenn Darm lange fort gewesen war, so war seine Bekanntschaft mit dem Fluss eine über alle Maßen tiefe, und heute, so wusste er, konnte man ihm trauen.

»Hier«, sagte er, als sie schon fast davorstanden, »hier hab ich sie zum letzten Mal gesehen«, und begann augenblicklich zu staunen. Der Steg war weg, sie hatten ihn abgebaut.

Nichts wies mehr auf das Unglück hin, nur Darms Erinnerung begann zu brennen, ein kleiner, glimmender Holzspan. Die Kehle schnürte sich ihm zu.

Plötzlich lag eine Hand auf seiner Schulter. »Wie ist es geschehen?«, fragte Hoffmann. »*Was* ist geschehen? Sag!«

Es klang wie ein Befehl. Darm fuhr herum. Angespannt wie eine Feder. Auf der Hut. Ja, es war ein Befehl gewesen, keine Bitte, ein Befehl, scharf, gerade. Er schaute in

Hoffmanns Augen, die waren wie Kohlestücke, die waren wie Irinas Augen.

»Na los«, schnauzte Hoffmann. »Was ist passiert? Erzähl deine Geschichte, verflucht noch mal! Deshalb sind wir doch hier! Deshalb hast du mich doch hierhergeschleppt!«

»Aber ... es gibt nicht mehr zu erzählen«, stammelte Darm und spürte, wie seine Brust eng wurde, wie eine Klammer ihn umschnürte, ein Korsett, spürte, dass er mehr und mehr erstickte. »Sie ist in den Fluss gestürzt«, flüsterte er mühsam, »und ertrunken. Wir sind hier gewesen. Hier hab ich sie zum letzten Mal gesehen. Das hat Muskat dir doch erzählt.«

Hoffmann nickte. »Ja, das hat er mir erzählt.«

»Na dann«, sagte Darm und schaute zu Muskat, der die Stirn gerunzelt hatte und ihn, Darm, besorgt musterte.

»Du glaubst doch nicht im Ernst«, sagte Hoffmann und schnaubte ein wenig durch die Nase, »du glaubst doch nicht im Ernst, dass ich dir abnehme, dass das alles gewesen ist!«

Da begann Darm zu staunen, dachte, wow, ist der doch nicht so blöd? Kann er eins und eins zusammenzählen?

»Ich bin nicht blöd«, sagte Hoffmann. »Ich kann eins und eins zusammenzählen!«

Da musste Darm lachen, kurz nur und ein bisschen hysterisch, und dann verlor er die Fassung, begann zu zittern wie im Schüttelfrost und hängte seine Seele in den Wind. »Aber … ich …«

»Ja?«, fragte Hoffmann und kam ganz nahe an Darms Gesicht. »Ja? Was du?«

Er atmete schwer, schwitzte. Hast eine Dusche nötig, dachte Darm, und eine Zahnbürste. Hast eine Fahne. Stinkst wie ein Abwaschfetzen.

»Was? Du!«

Darm schüttelte den Kopf, dachte, oder bin ich das selbst, der so stinkt, schluckte. »Nichts. Nichts!«

Da griff Hoffmann zu. Mit beiden Händen, wie Schraubstöcke. Er umklammerte Darms Schultern. »Nein«, sagte er, »komm mir nicht so.« Sein Gesicht war nass, die Augen nass. »Ich bin nicht blöd«, sagte er.

Darm wunderte sich, denn diese Stimme, diese Stimme war plötzlich rau wie zerfallende Steine, dass es das gibt, eine Stimme wie Steine, dachte Darm.

»Was ist schiefgegangen?«, fragte Hoffmann. »Oliver! Was?«

Er schüttelte ihn ein bisschen und Darm hing in seinen Händen wie ein Stück Wäsche an der Leine, er schwang hin und her, im Rhythmus von Hoffmanns Weinen, ein kleines Stück Dreck, dachte er, ein kleines Stück Dreck, und musste lachen, weil das so scheiße war.

Sofort ließ Hoffmann ihn los. »Du lachst?«, fragte er und war fassungslos. »Du lachst?! Das kann doch nicht sein!«

Darm erschrak.

»Nein«, sagte er, »ich lache nicht«, und knickte ein, in die Knie, auf den Boden, und da hockte er, komische Schlenkerpuppe ohne Schlenker, »ich lache nicht!«

Hoffmann hörte die Verzweiflung. »Ja«, sagte er, »das seh ich jetzt.«

Er bückte sich, setzte an etwas zu sagen, aber die Stimme war brüchig. Er räusperte sich. »Ich seh es ja«, flüsterte er und legte Darm die Hand auf die Schulter.

»Hol Luft«, flüsterte er, »atme.«

Darm holte Luft, atmete, beschloss, es zu sagen. Setzte an. Ging noch nicht. Setzte wieder an, versenkte sich. Kleines Igelchen, geduckt im Feuer, im Sturm, Stacheln ausgefahren, tot gestellt.

»Ich habe sie«, flüsterte er und hörte sich selber ganz genau zu, »ich habe sie ... umgebracht. Deine Tochter. Ich hab sie ein bisschen umgebracht, meine Schwester.«

Wind kam auf, ein mildes Lüftchen.

IRINA hatte sich für eine Au-pair-Stelle in England beworben«, sagte Darm, »und sie hatten sie genommen und im Herbst wollte sie weg für ein Jahr oder zwei oder wahrscheinlich für immer. Sie hat es keinem gesagt, bis zu der Nacht damals im Mai. Als die Stürme kamen. Als dieses sauviele Wasser niederging, in die Flüsse, auf die

Wiesen. Und alles überquoll. Und wahrscheinlich hätte sie auch da nichts gesagt, aber ...«

Gerade hatte der Sommer angefangen. »Wisst ihr«, sagte Darm, »der Sommer hatte angefangen. Die Nächte waren noch kühl, der Lärm von der Autobahn lag in der Luft, strömte einem ins Blut. Es war fast Juni. Und dann nur Schlechtwetter, Sturmfront, Regenfront.«

SIE HATTEN gegen den Wind angeschrien, Darm und Irina, sie waren durch den Sturm getobt, durch den Regen, Haare, Kleider, Gesichter nass gepeitscht, durchgefroren, zwei Regengespenster, die den Himmel anbrüllten, der war so tief, dass sie glaubten, sein dunkeldüsteres Grau stülpe sich über sie und atme sie ein im Sog des Sturms. Dann der Fluss, das Wehr, Irina blieb stehen, strich mit beiden Händen ihr Haar zurück, wischte Nässe vom Gesicht.

»Hoch heute das Wasser«, sagte sie, »sieht gefährlich aus«, und lachte. »Lass uns zurückgehen. Monika wird schon umkommen vor Sorge.«

Flüchtig kam sie ihm nahe, dem Bruder, dem Spielgefährten. »Komm!«

Doch der fand, dass die Zeit nun endlich da war. Um zu reden, um die Wahrheit auf den Tisch zu bringen. »Nein«, sagte er, der damals noch Oliver war. »Nein!«

Sie schaute hoch, er sah die Überraschung in ihren Augen.

»Nein?! Wieso nicht? Was hast du?«

»Was ich habe? Du Verräterin!«

Er spürte den Zorn in der Magengrube, und dass sie so überrascht schien und so leicht, machte alles noch schlimmer.

»Ich hab den Brief gefunden«, schrie er und zog ihn aus der Tasche, den Brief aus England, den Irina gehütet hatte wie ihren Augapfel. Aber Oliver hatte gesehen, wie sie vor zwei Tagen aus dem Postamt gekommen war, den Brief in den Händen – offenbar hatte sie ihn postlagernd schicken lassen –, aber Oliver, wie gesagt, hatte sie gesehen, zufällig, war auf dem Weg zum Laden, wollte sich Schokolade kaufen und Kaugummi, und als er den Platz überquerte, sah er Irina, wie sie aus dem Postamt kam, kaum zehn Meter von ihm entfernt, sah, dass sie lächelte, ein merkwürdiges Lächeln, befreit, zuversichtlich, gespannt, ein Lächeln, wie es Oliver lange nicht an ihr gesehen hatte.

Rasch duckte er sich hinter eine Mauer, spürte, dass sie nicht ertappt werden wollte, wollte selbst nicht beim Ertappen ertappt werden, beobachtete sie, wie sie den Brief öffnete, wie sie las, wie ihr Lächeln sich vertiefte.

Sie ging schließlich weiter, aber er blieb hinter der Mauer stehen, vergaß Kaugummi und Schokolade, vergaß, was er hatte tun wollen. Er sah nur ihr fremdes Lächeln, spürte, dass etwas im Gange war, etwas, das so fremd war wie dieses Lächeln, etwas, das nicht sein durfte, das er verhindern musste, weil sie sein Leben war, sein, Olivers, Leben, und wenn er sie verlor, hatte er keines mehr.

Irgendwann löste er sich doch von der Mauer, stieg wieder aufs Rad und kurvte durchs Unterholz nach Hause. Irina war schon da, hatte Essen gemacht, den Tisch gedeckt. Sie aßen, Monika versuchte ein Gespräch in Gang zu bringen und es gelang. Irina antwortete freundlich, ausführlich, und Monika, keines Misstrauens fähig, staunte, weil die Tochter plötzlich wie ausgewechselt schien. Aber Oliver ließ sich nicht täuschen. Wie auch? Er hatte in der Ferne Irinas Freiheit gesehen, und er wusste, da musste sie hin, wie hoch der Preis auch war.

Oliver starrte sie an, schaute, ob irgendwo an ihrem Körper zu entdecken war, was in dem Brief stand, versuchte ihr Geheimnis zu *sehen*. Aber es gelang nicht. Noch nicht.

Dann begannen die Stürme, die Unwetter. Die ersten wilden Regenfälle, die den Fluss aus seinem Bett und über die Ufer trieben. Als kleine Andeutung, was folgen würde.

Monika und Irina waren einkaufen gewesen, Vorräte besorgen, es war immer gut, wenn man an solchen Tagen genug im Haus hatte. Als sie zurückfuhren, war die

Straße gesperrt, es hieß warten, warten, warten. »Wir kommen später, Oliver«, sagte Monika ins Handy, »mach dir keine Sorgen.«

Aber Oliver machte sich keine Sorgen, er, der mit dem Rad gerade noch durchgekommen war, wusste, dass er nun Zeit hatte, viel Zeit, um nach Irinas Freiheit zu suchen, um zu erkunden, was sie vorhatte.

Er ging systematisch vor. Stellte und legte, was er hervorgeräumt hatte, sorgfältig wieder zurück. Behielt die Übersicht. Hinterließ nirgendwo Chaos. Irgendwann würde er finden, was er suchte.

Der Brief. Er kam aus England, einem Ort im Irgendwo, im Nirgendwo, unbekannter Name. Oliver war kein Ass in Englisch, aber was da geschrieben war, verstand er. Dass sie gehen wollte, Irina, dass sie fortwollte vom Fluss, aus der Au, aus diesem Leben, fort von Monika, fort von ihm, Oliver. Er las und verstand und verstand aber doch nicht. Nichts verstand er, nur, dass er allein bleiben würde, hier in dieser grünen Wildnis, die ihm plötzlich wie eine schreckliche Einöde vorkam, ja, er war sich auf einmal sicher, dass es eine schreckliche Einöde war, in der sie lebten.

Als die Frauen endlich heimkamen, hatte Oliver Irinas Zimmer längst verlassen, sie würde nicht bemerken, dass er alles durchsucht hatte und fündig geworden war. Sie würde in den nächsten Tagen sowieso keine Zeit haben, um irgendetwas davon zu bemerken, denn der Sturm und die Regenfluten dominierten alles. Der Fluss stieg und stieg und war längst endgültig über die Ufer getreten.

WAS ICH HABE?«, schrie Oliver also in Irinas überraschtes Gesicht hinein. »Was ich habe? Du Verräterin!«, und spürte den Zorn im Magen, im Kopf und über allem eine schreckliche Traurigkeit.

Sie starrte den Brief an, streckte die Hand danach aus. »Was«, sagte sie, »was?«, und schüttelte den Kopf, und er merkte, dass sie die Fassung verlor.

»Wie kommst du«, fragte sie, »wie kommst du zu diesem Brief?«, und kam auf ihn zu. Er wich zurück, knüllte den Brief in seiner Hand.

»Nein!«, sagte sie und gewann ihre Fassung zurück. »Hör auf damit! Gib ihn mir!«

Er lachte. »Schuss im Hirn? Glaubst du, ich bin blöd?«

Sie verlegte sich aufs Betteln. »Oliver«, sagte sie und legte ihren Kopf ein wenig schief. »Oliver, was glaubst du denn? Du weißt doch gar nicht, worum es geht.«

»Ach nein?«, keifte er. »Weiß ich das nicht? Weil ich ein blöder Vierzehnjähriger bin? Glaubst du wirklich, ich hab nicht gecheckt, dass du abhauen willst, dass du mich mit Monika hier alleinlassen willst?«

Sie ließ den Arm sinken, starrte den kleinen Bruder an,

versuchte ihn zu halten durch das Fluten der Dämmerung, wusste nichts mehr zu sagen.

Er setzte sich ins Gras, begann zu heulen. »Nimm mich mit«, schluchzte er, »nimm mich einfach mit! Das geht doch. Das muss doch gehen!«

Sie kam zu ihm, kniete sich vor ihn hin, strich ihm übers Haar. Er spürte ihre Hand, spürte sie wie elektrische Fäden, die ihm ins Gehirn zuckten, und wusste, es ging nicht, dass sie ohne ihn ging, es konnte nicht sein. Sein Herz pochte wie Schluckauf, wie Eisenhammer auf Beton.

»Das muss doch gehen!«, wiederholte er und wusste schon, dass es nicht ging, und wusste schon, was sie sagen würde, dass sie *nichts* sagen würde, und sie sagte nichts.

»Sag was«, schrie er sie an. »Sag was!«

Aber sie schwieg, und er glaubte zu sehen, dass sie weinte, aber sicher war er nicht, es konnte auch der Regen sein, vielleicht war es beides, nass von außen und innen, von heiß und kalt, und ihre Hand auf seinem Haar, die strich ein bisschen über ihn hinweg, immer hinweg, denn sie war gar nicht mehr richtig da.

»Oliver«, sagte sie endlich und er schaute in ihre Augen. »Oliver, nein, hör auf, ich kann dich nicht mitnehmen, du bist noch zu jung, du musst die Schule fertig machen, später kommst du nach, später, und Monika würde das doch gar nicht ertragen, wenn du auch gingst, wir können nicht beide gehen, du bist doch ihr Alles, du kannst sie nicht verlassen.«

Was für eine Scheiße, dachte Oliver, was redet sie für eine Scheiße! Ich und ihr Alles!!

»Was redest du für eine Scheiße!«, schrie er und richtete sich auf und stieß sie mit beiden Händen von sich, dass sie nach hinten ins Gras fiel. »Ich und ihr Alles! Dass ich nicht lache! Ich bin nicht ihr Alles. Das bist *du* doch! Das bist *du* immer gewesen! Also erzähl mir nicht diesen Mist, ich bin doch kein Idiot, den du einkochen kannst!«

Sie stand auf. Alles Weiche war von ihr abgefallen. »Na, dann nicht«, sagte sie. »Dann eben nicht!«

Er schluckte, spürte die Enttäuschung. »Ich hasse dich«, sagte er.

Sie schüttelte den Kopf, genervt, nervös. »Aber das ist doch Quatsch«, sagte sie, streckte langsam die Hand aus. »Gib mir den Brief«, bat sie und versuchte ihrer Stimme den weichen Klang zurückzugeben. »Gib mir den Brief. Er gehört mir! Ich brauche ihn.«

Aber sie erreichte Oliver nicht mehr, keine Umkehr. Er wurde nicht weich, er knickte nicht ein, er war verletzt, ein wundes Tier, in die Enge getrieben. »Dann hol ihn dir«, schrie er, »wenn du ihn brauchst«, und begann zu rennen, schrie noch einmal: »Hol ihn dir doch, blöde Kuh!«, rannte hinunter zum Wasser, watete hindurch, spürte die Kälte, spürte den Sog, aber es war egal, alles war egal, nur nicht das hier, nur nicht dieser Brief, der Irina in die Fremde holte für immer, denn das wusste Oliver. Dass es für immer sein würde, für ewig und immer.

Dann war er auf dem Steg, der eigentlich keiner war, nur ein schmales Brett ohne Geländer, das hatte der Sturm schon vor Tagen demontiert, weggeblasen wie ein Zündhölzchen.

Endlich blieb Oliver stehen, kam ein bisschen zu sich und merkte, wie glitschig die hölzernen Planken des Stegs sich unter seinen Füßen anfühlten, während unter ihm das Wasser des wütenden Flusses toste.

»Nicht«, schrie Irina, »Oliver! Nicht! Das ist gefährlich! Komm da runter!«

Oliver schwankte, sah die Schwester, wie sie ihn zurückwinkte, wie sie ihn zurücklotsen wollte. Langsam wandte er sich um, wollte zurück zu ihr, aber dann … bemerkte er wieder den Brief in seiner Hand. Sah, wie die Schrift in der Nässe zerlief, die englischen Wörter in geheime Botschaften zerrannen, sich vermischten in einem Strudel von Wasser und Tinte, und alles war wieder da und dann … sah er ihren Namen, Irina. Der hatte noch ein wenig standgehalten, war auf dem Papier geblieben. Es war wie ein Zeichen, wie ein verfluchtes, beschissenes Zeichen.

»Miststück!«, schrie Oliver und reckte den Arm in die Höhe. »Verfluchtes Miststück!! Hol ihn dir! Wenn du ihn haben willst, dann hol ihn dir!«

Und sie kam. Auf den Steg.

Schleuderte die Schuhe von sich, hievte sich hoch, gelenkiges Mädchen, stand Oliver gegenüber mit zornigem Gesicht, zornigen Augen. Sie kam näher, langsam nur, vorsichtig, und da plötzlich zerfiel alles in ihm, seine Wut, seine Verzweiflung, und da wollte er nachgeben, wollte hin zu ihr, hinunter vom Steg auf die sicheren Wiesen, sagte: »Entschuldige! Irina, entschuldige. Es tut mir leid. Ich geb dir den Brief zurück. Ich geb ihn dir ja zurück ...«

Und dann ...

Aber dann ...

Der Baum, leuchtender Stamm, weiß, Krone voll Astwerk.

Ja.

So war das gewesen. So.

JA«, SAGTE DARM, »so ist das gewesen, so.«

Sie weinten, Muskat und Hoffmann, heulten wie Wölfe.

Darm nicht. Darm schaute dem Heulen zu und staunte. Überall das Wasser. Er schaute zum Fluss hin, er starrte auf den Steg, den es nicht mehr gab, den sie abgetragen hatten und fortgeräumt, um dem Unglück nicht mehr ins Auge sehen zu müssen. Muskat und Hoffmann schwiegen nun, schwiegen sich fest, und der Tag begann sich zu verflüchtigen, entließ sich in eine Dunkelheit, die öffnete für ebensolche Gedanken.

Darm drehte sich um und ging. Zurück zum Haus, zurück durch den Dschungel seiner Kindheit, zurück.

Er war müde, schrecklich müde, als hätte er eine Last hinauf auf den Gipfel eines Berges geschoben, und da war sie nun endlich und da würde sie bleiben und plötzlich, ganz langsam, spürte er eine Leichtigkeit wie ein Schweben und erkannte sie – es war die Leichtigkeit seiner Kindheit, die war ihm abhandengekommen, damals, vor mehr als tausend Tagen.

Im Haus tappte er durch die Dunkelheit in Irinas Zimmer, in ihr Bett, legte sich hinein, bettete sich wohl, umhüllte sich mit ihrer Decke und dann war es gut, war es, wie es einmal gewesen war, wie es sein sollte, und er spürte Irina, und sie sagte: »Geh jetzt! Geh jetzt los!«

Dann wusste er nichts mehr, dann schlief er und die Dunkelheit umhüllte ihn mit Sanftheit und Geduld und schenkte ihm tiefe Träume.

Irgendwann weinte er im Schlaf, in seinen Träumen, und er spürte, wie das Eis sich zu lösen begann, das Eis, das ihn umklammert hatte diese vielen, vielen Tage, und als er langsam warm wurde in seinen Adern und das Blut nicht mehr floss wie ein eiskalter Fluss, träumte er vom Fliegen, und die Lichter einer Stadt ergossen sich unter ihm wie glitzernde Neonschnüre. Später rumpelte er ein bisschen durch Turbulenzen und er dachte, hoppla, Gerumpel, aber dann landete er weich und er hörte das Schwappen von Wellen und wunderte sich und dachte, bin ich im Wasser gelandet? Aber es war Sand, dichter, grauer Flusssand, und jemand hatte mit einem Stöckchen hineingeschrieben: Michi war da!

Als Darm endlich erwachte, war es Morgen geworden, ein neuer Morgen, leuchtender als die alten, Darm spürte das augenblicklich und sein Atmen fühlte sich frei an, er dachte an das Meer und den Himmel und die Wolken im rotfarbenen Grund.

HIER«, sagte Muskat und hielt Darm einen Becher mit Kaffee und ein frisches Croissant hin, »ich bin schon im Ort gewesen, während du noch geschlafen hast wie ein Stein. Du solltest was trinken und essen.«

Darm nahm den Becher, nippte, es war ein Scheißkaffee, einer, der den Namen nicht verdiente, aber immerhin war es Kaffee. Draußen streunte Hoffmann zwischen den Bäumen umher, als suche er nach Spuren, die seine Tochter hinterlassen hatte. Darm seufzte und stellte sich vor, wie das Leben verstrich, wie er alt wurde, fünfzig oder so, so alt wie Hoffmann, und was es für ihn wohl bedeuten würde, dann zu erfahren, was Hoffmann gestern erfahren hatte.

»Lass uns zurückfahren«, sagte er, stellte den Becher ab und ging hinaus. »Wir sind schon viel zu lange hier.«

Ein letztes Mal am Fluss, über dem Nebel hing, seltsames Hellsein nah an der Wasserlinie, machten schwindelig, das Wasser und der Nebel.

»Erzähl mir von ihr«, sagte Hoffmann. »Ich möchte ...«

Darm drehte sich um. Hoffmann stand hinter ihm wie ein Anklagepunkt, ein Missverständnis.

Tau lag in der Luft, machte feuchte Haarspitzen, Krähenschreie von über dem Fluss. Ein Schiff zog dahin, aber kaum zu sehen, ein Schemen im Schemen des Nebels.

»Du musst zurück ins Leben«, sagte Hoffmann.

WAS?«, brüllte Jana dicht an Darms Ohr. »Ich versteh dich nicht, Oliver. Es ist zu laut hier. Erzähl mir das doch später, wenn wir draußen sind.«

Aber Darm sagte: »Nein. Jetzt. Muss.«

Und erzählte. Während die Musiker vorne auf der Bühne sich verausgabten, als wären sie dem Teufel hinterher, und die Menge im Zuschauerraum kreischte und schrie und kreiselte und hüpfte und sprang, erzählte Darm.

Erzählte Jana von Irina. Und dem Fluss. Und dem Leben. Und dem Sterben.

Während sein Herz vor Traurigkeit brannte. Und er Luft holen musste. Noch einmal tief. Während alles brannte, seine Brust, sein Körper. Und er wieder Luft holen musste, ächzend, weil seine Kehle sich zuschnürte und alle Lungenflügel ihm sagten, leck mich doch am Arsch!

Erzählte von Irina. Seiner großen Schwester. Die nun auch Janas große Schwester war.

Sein Auge begann zu tränen, sein rechtes. Aus dem äußeren Augenwinkel, langsam, lief es über seine Wange. Langsam. Keine Flut. Kein Heulen mit Zähneknirschen. Nur Jana, die sah ... und strich mit dem Finger ... und schüttelte den Kopf. »Oliver! Was ...«

Ihr Gesicht so klein im Flackerlicht der Kugeln, die an der Decke kreisten, und Darm, der redete und redete in die Musik hinein, die schlug einen Takt, der schluckte alles andere, der sog alles auf, aber er, Darm, stand fest in ihrem Takt, wie ein Holzpflock, wie ein Mittelpunkt, und alle bewegten sich um ihn, und er erzählte und redete von seinem Leben, diesem kleinen, das er verspielt hatte, damals.

»Oliver«, schrie Jana ihm ins Ohr und schüttelte ratlos den Kopf. »Oliver, ich versteh doch kein Wort. Wenn du willst, dass ich etwas mitkriege von dem, was du sagst, dann müssen wir rausgehen. Die Musik hier ist einfach zu laut. Komm. Lass uns doch gehen.«

Und wandte sich um und wollte hinaus, aber Darm hielt sie zurück, hielt sie am Arm, schüttelte den Kopf, sie durfte jetzt nicht gehen, nicht jetzt, wo er redete, ihr alles sagte, ihr alles erzählte. Das hatte er sich ausbedungen, dass er es sein wollte, der ihr alles sagte, nicht Hoffmann, nicht ihr Vater, und nun – redete er.

Ihre Augen waren Irinas Augen, das hatte er immer gesehen und nun wusste er endlich, warum und weshalb, und in diese Augen hinein konnte er alles erzählen, alles, diesen ganzen Strich seines vertanen Lebens und dass es ... aber eben ... einfach so war.

Erneut strich Jana ihm übers Gesicht, schon wieder Streifen von Tränen, sie legte ihre Hand auf seinen Mund und endlich war er still und sie verstand auch die Stille nicht.

Sie lehnte sich an ihn und spürte sein Zittern, sie hielt ihn fest wie missratenes Gras, hörte endlich die Musik und auch das Scheppern in den Gläsern, das leise Scheppern der Eiswürfel, unhörbar für fast alle, die Eiswürfel, die klickten, als ginge es ihnen ans Leben, und das tat es ja auch.

»Jetzt«, sagte Jana später auf der Straße, »jetzt erzähl.«

Aber er schüttelte den Kopf, erzählte nicht mehr, hatte schon alles gesagt. »Aber ich hab doch nichts verstanden«, sagte sie unwillig. »Ich hab doch null gehört!«

Er zuckte die Schultern. »Macht nichts. Andermal.« Und war dann still.

»Was soll das?«, fragte sie und wollte ein wenig zornig werden, ein wenig bitter, und stieß ihn in die Seite. »Du bist wirklich ein Idiot.«

Er grinste ein bisschen traurig, sagte, »Ja, das sowieso«,

dachte, das soll jetzt Hoffmann erledigen, den Rest soll jetzt er machen, er kann auch was tun, und musste grinsen, die ganze Zeit, während immer noch die Tränen liefen, aber warm und sorgsam und seltsam tröstlich.

WIEDER FRIEDHOFSGANG. Wieder Wägen mit blickdichten Scheiben. Wieder Stehen am Grab mit Blick zum Boden, mit Blick in die Tiefe.

Alle waren da, Jana und Muskat, Kurt, Milli und Frau Voresberg, auch Janas Mutter und natürlich Hoffmann.

Es war ein kleiner Sarg, den sie hinunterließen, ein Kindersarg, mehr hatte es nicht gebraucht, um Irinas Storchenbeine unterzubringen. Glatt und kühl hatte der Deckel sich an Darms Hand geschmiegt, wie der Deckel meines Laptops, hatte Darm gedacht und ein bisschen gestaunt, dass die Dinge sich so ähnlich waren, schwarz und glatt und kühl, bloß *Acer* stand nicht drauf. Dann dachte er an Irina, wie sie am Flussufer entlanggelaufen war mit Stöpsel in den Ohren und Liedern im Kopf, und er fragte sich plötzlich, was für Lieder das gewesen waren, und er musste bedauernd feststellen, dass er es nicht wusste. Er wusste nicht, welche Musik Irina gehört hatte, bei welchen Liedern sie ins Träumen geraten, bei welchen Liedern sie liebkost und geküsst worden war.

Darm schaute hoch und Kurt ins Gesicht und dachte daran, wie Hoffmann mit eigenartig festem Schritt zu ihm in die Werkstatt marschiert war nach ihrer Rückkehr vom Fluss, wie er sich vor ihn hingestellt und gefragt hatte: »Hast du's gewusst? Ist es wirklich wahr?«

Kurt hatte hochgeblickt, Hoffmann in die Augen geschaut, ein winziges bisschen geseufzt und endlich den Schleifer ausgeschaltet und weggelegt. Dann hatte er genickt, einfach nur genickt.

Auch Hoffmann nickte, so eine Mischung aus Nicken und Kopfschütteln, so eine Mischung aus Weinen und Zorn.

»Warum ...«, begann er.

»... ich es dir nie gesagt habe?«

Kurt lehnte am Schreibtisch, den er gerade bearbeitet hatte, klickte mit den Fingern auf die Tischplatte, starrte nachdenklich über Hoffmann hinweg.

»Ich weiß«, sagte er, »vielleicht hätte ich sollen, vielleicht hätte ich müssen, aber ...«

Er stockte, verlor den Faden, Hoffmann nahm ihn auf. »Aber Monika wollte das nicht.«

Kurt nickte. »Ja, Monika wollte das nicht.«

Später saßen sie im Garten und tranken ein Bier. »Vielleicht«, sagte Kurt, »hätte sie's irgendwann selbst getan. Es dir gesagt. Vielleicht hätte auch Irina eines Tages einfach vor deiner Tür gestanden. Wer weiß.«

Er zuckte die Schultern. »Aber ...«

»... es ist alles anders gekommen«, sagte Hoffmann und nickte. Kurt nickte auch.

Dann tranken sie wieder. Und saßen noch lange. Und Milli kam und brachte ihnen etwas zu essen, und Darm aß auch mit, denn er hatte Hunger, und irgendwie war es, als hätte sich ein großer Frieden auf sie alle herabgesenkt.

Auch jetzt noch, dachte Darm und kam mit seinen Gedanken wieder auf dem Friedhof an, auch jetzt ist er noch zu spüren, ein trauriger Frieden zwar, aber ein großer, und vielleicht hatte Irina ihn geschickt oder Monika oder alle beide zusammen.

Ja, beschloss Darm und musste ein bisschen schlucken, ja, alle beide zusammen. Er schaute Jana ins Gesicht, die hatte ein bisschen geweint, eine Schwester zu begraben, die man nie kennengelernt hatte, schien nicht zu den einfachen Dingen zu gehören.

Ach, es wird schon werden, dachte Darm und nickte sich selber ein bisschen zu, das Leben und alles, wird schon werden, sind ja nur sechzig Jahre oder so. Und schaute Hoffmann an, der stand wie ein Stein, neuer schwarzer Mantel, chic, Schuhe geputzt.

Später aßen sie den Leichenschmaus bei Milli, die hatte einen neuen Koch, der verbriet alles, versalzte alles, dem war nicht zu helfen.

»Lass uns gehen«, sagte Jana und griff nach Darms Hand. »Komm, Oliver, lass uns los.«

»Heute Abend koche ich«, sagte Kurt und nickte Darm zu. »Hilfst du mir? Wir bereiten ein Festmahl.«

Darm nickte. »Algenblütensüppchen, Nebelnixenbraten, solche Dinge, die haben sie beide geliebt und ich musste jedes Mal kotzen.«

Kurt grinste. Darm auch. Jetzt ist er also da, dachte Kurt, jetzt ist er angekommen.

Beim Hinausgehen strich Jana Hoffmann übers Kinn. Der lächelte und sie umarmte ihn rasch und er schloss die Augen und sog sie ein bisschen ein.

DER HIMMEL war ein leicht düsteres Unterfangen, grau, aber inkonsequent, denn Fenster gaben den Blick frei ins Blau, ins Licht, ins Dahinter. Ein Zeichen, dachte Darm und musste grinsen, ein verdammtes Zeichen ist das, kitschig zwar, aber ein Zeichen, der Himmel und die Rapsfelder und dazwischen das Licht, das sich verknäulte und das Blau eingelbte und das Gelb …

Janas Hintern war ein kleines Federbett, ein Daunenkissen und er legte seinen Kopf darauf und schloss die Augen und das Licht drang durch seine Lider.

So möchte ich sterben, dachte er, mit dem Licht in den Augen und dem Kopf an Janas Hintern, auch an ihrer Brust, da sind wir nicht kleinlich, aber der Hintern, dieser Hintern, der ist so, ach …

Und er suchte nach einem Vergleich, aber nichts fiel ihm ein, absolut nichts, und dann drehte er sich um und knuddelte ihn ein bisschen durch, den Süßen an ihrer Hinterseite.

Sie lachte, schrie ein bisschen, und als es ihr irgendwann zu viel wurde, schüttelte sie ihn ab mit einem Ruck aus ihrer Hüfte, einem Schwung aus ihrem Becken, da kuschelte er sich an ihre Brust und nuschelte Sätze wie »Also dein Busen, deine Titten, ach Jana, ach weißt du ...«, aber sie ließ ihm nichts durchgehen, war streng wie ein Oberlehrer, sagte: »Ich will, dass du alt wirst, Oliver, hörst du, steinalt, eine Rundkugel oder ein Dürrstrich und dazwischen gibt es nichts!«

Na gut, dachte er, wenn du das willst, na gut, siebzig Jahr also oder achtzig, da sind wir nicht kleinlich, das ist dann schon egal, und also *Oliver*, na gut, kein Darm mehr, *Oliver*, na gut, wir sind ja, wie gesagt, nicht kleinlich.

Sie lachte, als hätte sie ihn gehört, und er guckte erstaunt und dann ging sie ihm vorsichtig, ganz vorsichtig an die Wäsche.

Später, eine halbe Nacht später, hockten sie immer noch auf dem Hügel über der Stadt und die leuchtete wie immer. Der Morgen würde bald kommen, der Himmel schon rot, flaumte wie frisch gebackener Eischaum mit Johannisbeeren, denen langsam der Saft auslief, schien leicht und würde nicht herabfallen, sie nicht erschlagen, kein Schatten, kein Regen, kein Nebel, nur rot, nicht einmal von Gold durchstrahlt, nur rot.

Darm sah, wie Jana staunte, er zog sie zwischen seine Beine und schloss die Arme vor ihrer Brust. In ihm sang ein kleines Lied, ein kleiner Triumph. Alles, alles ging weiter, irgendwie.

Ein klein wenig erstaunte ihn, dass er das dachte, dass er das denken konnte, weil doch erst ein bisschen was gelöst war, nur ein bisschen was, aber der Himmel immerhin rot, und er, Darm, mit Jana auf dem Hügel vor dem Leuchten. Das also, dachte er, sind wir jetzt, Jana und ich und der Himmel rot.

Langsam hob er die Kamera, brachte sie in Anschlag, zoomte sich an Janas kleinen Eckzahn. Sie hob abwehrend die Hände, wie immer. »Schon wieder dieses Scheißding«, sagte sie, »kannst du nicht endlich mal ...«

»Ja?«, fragte er und musste grinsen. »Ja? Was denn? Was kann ich endlich mal?«

Sie schüttelte den Kopf. »Du bist echt ein Freak, du. Weißt du das?«

Und sprang auf, stellte sich an den Rand des Hügels und schrie in die Lichter der Stadt und des Morgens hinein: »Darm ist ein Freak! Darm hat Kreide im Kopf und in den Adern! Darm ist ein Freak, ein Freak, ein Freak!«

Später, als sie gingen, weiterzogen auf ein anderes Stück Grün, vergaß er die Kamera, sie blieb liegen, einfach liegen und Jana merkte es, wandte sich zurück, sagte: »He! Du hast was vergessen!«, aber Darm schüttelte den Kopf, sagte: »Nein. Lass. Brauch ich nicht mehr.«

»Aber das ist …«, begann sie, »du kannst doch nicht …«

Er unterbrach sie, zog sie mit sich fort. »Muss ich aber«, sagte er, »muss ich jetzt einfach aber.«

Sie schaute ihn merkwürdig an, dann nickte sie und begann zu laufen, und während er wartete, um ihr ein bisschen Vorsprung zu geben, dachte er daran, dass er wusste, dass sie wusste, was zu wissen nötig war. Es war, wie es war – eine Sehnsucht, ein Sterben, ein Leben, man musste es nicht festhalten, es geschah, wie es geschah, es ging, wie es ging, und alles das musste wohl so sein.

Ja, nickte er, so war das und alles das musste wohl so sein. Und dann startete er und holte sie ein und sie drehte sich um und lief ein bisschen rückwärts und stippte ihm an die Nase und lachte und dachte in einem winzigen Winkelchen ihres Gehirns an ihre Mutter, die gesagt hatte: Wie ein Staubsaugervertreter redet der, sei ein bisschen vorsichtig, hörst du, Jana.

Aber Jana, das wusste sie, würde nicht vorsichtig sein, es gab nichts zum Vorsichtig-Sein. Man musste Mut beweisen, Mut, immer wieder, und vielleicht öffnete erst dann sich das Leben und wurde dicht und klar.

Ja, dachte sie, so ist das, genau so, und dann war Schluss mit Denken, dann ging nichts mehr, denn dann packte Darm sie und zog sie auf den Boden, auf die Wiese und da waren sie ein dichtes Knäuel und da waren sie.

»Staubsaugervertreter«, wiederholte sie leise kichernd und war schon ein bisschen atemlos. »Verstehst du, Oliver? Staubsaugervertreter!«, während er sich unter ihren Fingern wand, aber ihre Zunge schon spürte, die seinen Bauchnabel kreiselte und bereit war.

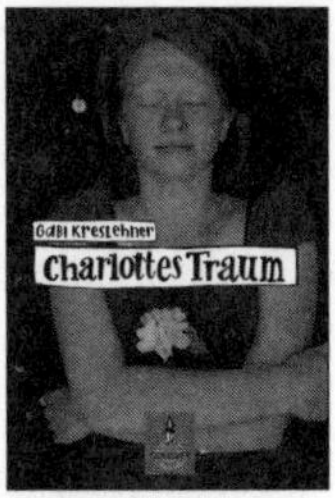

Gabi Kreslehner
Charlottes Traum
Roman
Gulliver, 120 Seiten (74213)

Peter-Härtling-Preis
Jugendliteraturpreis des Landes Steiermark
Kinder- und Jugendbuchpreis der Stadt Oldenburg
Hans-im-Glück-Preis, Die Besten 7
Österreichischer Kinder-und Jugendbuchpreis

»In ihrem Debüt gelingt Kreslehner eine meisterliche Authentizität … Charlotte erzählt bockig, fluchend, witzig, dann Schwindel erregend tief und tastend von ihren Gefühlen.« *Eselsohr*

»Ein Buch der Zwischentöne und des Zwiespalts. Und die Liebesszenen sind nicht nur rosarot, sondern auch nervös, ein bisschen cool, ein bisschen albern – und gerade deshalb wunderbar.« *FAZ*

»Es ist eine sensible, verletzliche Heldin, die Kreslehner auf unverwechselbare Weise erzählen lässt: sehr emotional, treffend und ehrlich, mal spröde, fast derb, dann wieder sehr poetisch und bei aller Schwere doch leicht.« *Buch + Maus*

»Was da auf leisen Sohlen daherkommt, nimmt wie kaum eine andere Geschichte die Liebe an sich so ernst, und bleibt auch beim zweiten, dritten, vierten Lesen so frisch wie beim ersten Mal.« *1000 und 1 Buch*

Mette Finderup
Love Cuts
Roman
Klappenbroschur, 256 Seiten (81073)

Zufall, Schicksal, Glück oder Pech: Sie träumen voneinander, flüchten voreinander, suchen sich verzweifelt, finden sich unverhofft, verstricken sich in Lügen, trauen sich nicht oder ergreifen die Chance der Nacht – oder ihres Lebens. Sie leben quer über Dänemark verteilt und haben eines gemeinsam: Sie sind verliebt! Nur leider nicht immer in den Richtigen … Ein Short-Cuts-Roman über die Liebe in all ihren Gestalten.

»Aufregend, anders, absolut toll.« *Mädchen*

»Ein ungewöhnlicher Liebesroman, der durch die Vielfalt seiner Geschichten verzaubert: Tragisches wechselt mit Komischem, Romantik mit Peinlichkeit, knisternde Erotik mit Liebeskummer.« *Der neue Tag*

www.beltz.de
Beltz & Gelberg, Postfach 10 01 54, 69441 Weinheim

Stephan Knösel
Echte Cowboys
Roman
Klappenbroschur, 240 Seiten (81067)
Mehr zum Buch unter www.stephanknoesel.de

Dies ist die Geschichte dreier Einzelgänger, die zufällig zur richtigen Zeit am richtigen Ort sind: Cosmo, der schweigsame Underdog. Nathalie, die einsame Traumfrau. Tom, der ewige Pechvogel. Ein Sommertraum von Liebe und Freundschaft.

»Coole Cowboys hin oder her. Das Leben ist kein Film. Das alles zu erkennen heißt erwachsen zu werden. Cosmo und Tom sind auf dem besten Weg dorthin. Nathalie ist in dieser Hinsicht mal wieder einen Schritt voraus. In seinem gelungenen Debüt hat Stephan Knösel dies meisterlich differenziert in Szene gesetzt.« *The First Readers Club*

»In knappen Sätzen, unsentimental, dabei aber auch voller Aufbruchstimmung erzählt Stephan Knösel von drei Außenseitern, die einander umkreisen, zueinanderfinden und angesichts erheblicher Kollisionen und Zumutungen dem Leben doch so etwas wie ein Stück (Sommer-)Glück abtrotzen.« *Süddeutsche Zeitung*

»Cosmo, Tom und Nathalie sind Romanfiguren, die einem lange nach der Lektüre noch bleiben, im Kopf wie im Herzen. Ihre Geschichte auch. Was will man mehr von einem guten Buch?« *Titel-Magazin*